斧名田マニマニ Illust. 福きつね
悪喰の最強魔獣使い
~兄のせいで『加護なしの無能は出て行け!』と
実家を追放されたけど、最強の力が覚醒したので無双する~

フェン
FEN
ディオ
DIO
イエティ
YETI

アリシア
ALICHA
ルカ
LUCA
キャスパリーグ
CATH PALUG

どうにかして救ってやりたい。
そのためだったらなんだってする。
何か……何か俺にできることは……！
心の底から
そう望んだとき——。
突然、俺の腕から七色の光が放たれた。
眩い光は激しく輝きながら、
まるで大蛇のような動きで
イエティの体を搦め捕る。

……なんだ、これ。

「では、ディオさん。
さっそくあなたの再鑑定を
行わせていただきましょう」
少女が杖を振りながら
呪文を詠唱すると、
ぽうううっと音をたてて
杖が神々しく光った。
「……ふむ、これは」
はてして、無加護と認定されていた
ディオの再鑑定の結果は——!?

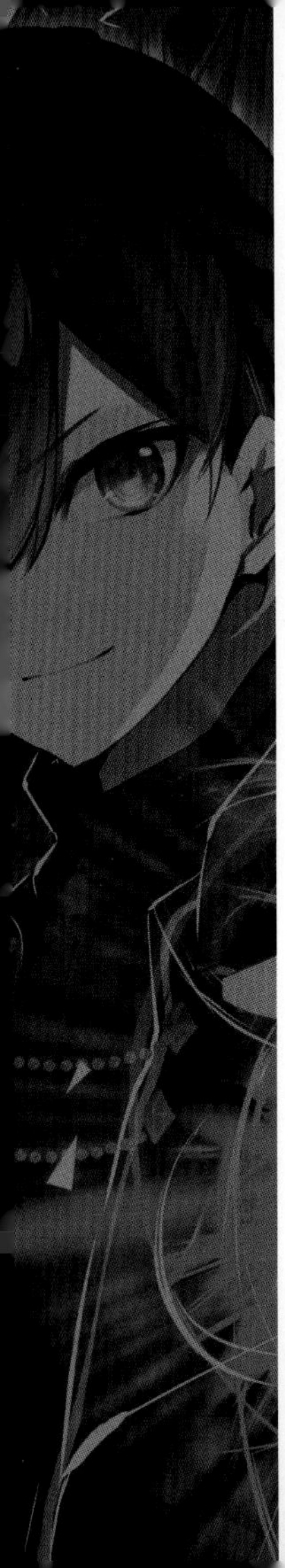

CONTENTS

AKUJIKI NO
SAIKYOU MAJU TSUKAI

ダッシュエックス文庫

悪喰の最強魔獣使い

～兄のせいで『加護なしの無能は出て行け!』と
実家を追放されたけど、最強の力が覚醒したので無双する～

斧名田マニマニ

プロローグ
五百年前の悪喰使い

AKUJIKI NO SAIKYOU MAJU TSUKAI

五百年前。

邪悪な力に飲み込まれつつあった世界を一人の男が救った。

最強と謳《うた》われた英雄オレアン。

その圧倒的な強さを前に、太刀打《たちう》ちできる敵はただの一人もいなかった。

誰もが英雄に感謝し彼を崇《あが》めた。

しかし人々は知らなかった。

救世のため力を使うごとに、オレアンの体が闇に蝕《むしば》まれていっていることを。

人々のために戦い続けたオレアンは、やがて身も心も底なしの暗黒に飲み込まれ、見るも無惨な姿に変貌してしまった。

異形《いぎょう》の者になったオレアンの最期《さいご》は、いかなる文献にも残されていない――。

AKUJIKI NO SAIKYOU MAJU TSUKAI

一話

「この無駄飯食らいの役立たずが！」

唾液《だえき》をまき散らしながら、義父が俺を殴り飛ばす。

義父の目には怒りと失望、それから十五年分の恩を仇《あだ》で返しやがってという憎悪が浮かんでいた。

理由はわかっている。

十五歳になったら必ず受けさせられる【加護鑑定の儀】。

その儀式の場で、俺ディオ・ブライスは加護なしの無能だと言い渡されてしまったのだ。

加護とはそれぞれの人が神から与えられた特殊能力のことで、加護の系統によって使用できる魔法も異なってくる。

この世界の人間は皆魔力を持っているが、加護が覚醒していなければ魔法を使うことはできない。

「ごく稀《まれ》に加護なしの無能が現れるとは聞いていたが、まったく冗談ではない!!」

一発殴るだけでは足りなかったらしく、義父は短い足を振り上げて何度も俺を蹴りつけた。

こんな暴力は日常茶飯事《さはんじ》だったので、いつもどおり背を丸めて内臓を庇《かば》う。

気が短い義父は、少しでも気に入らないことがあると手が出る人間なのだ。

救貧院の前に捨てられていた俺は、彼に引き取ってもらった立場なので、楯突《たてつ》くことができない。

いつ栄養失調に陥《おちい》ってもおかしくない食生活と、不衛生で劣悪な環境から、救貧院の死亡率はとんでもなく高い。

あの場所に戻されれば死ぬ未来が待っていると思えば、理不尽な理由で殴られているほうがまだましだった。

義父は俺が抵抗できないのをわかったうえで、暴力を振るい続けてきたわけだ。

「我がブライス家は何代にも渡って、優れた賢者を輩出してきたというのに……! おまえのような無能に、このブライス家を継がせるわけにはいかん。長男がぱっとしないから、弟のほうこそはと思って期待をかけてやったものを……!」

義父の隣で、長男であるアダムが肩を竦《すく》める。

アダムは与えられた加護【弱火魔法使い】が凡庸《ぼんよう》なものだったという理由で、すでに成人に当たる十八歳を超えているのに、家督《かとく》を継がせてもらえないでいる。

義父は、俺に与えられた加護がアダムのものより価値があった場合、俺に家を継がせようと考えていたのだ。

「ディオ、おまえには心底がっかりさせられた。加護なしの無能に、ブライスの家名を名乗らせるものか！　おまえなど今日限りで、我がブライス家から追放してやる！　すぐさま荷物をまとめて出ていけ！」

ここエイベル王国では、十八歳未満の行動はかなり制限されている。

仕事を探すにも、宿に泊まるにも、すべて後見人の許可がいるのだ。

家を追い出された十五歳が、自力で生きていくのにどれだけの苦労がつきまとうのか。正直、想像もつかない。

しかも加護なしの無能を雇ってくれる仕事先なんて、聞いたことがなかった。

アダムが家を継ぎたがっているのは知っていたし、長男を差し置いて家督相続をしたいなんて思ってはいない。

けれどこのまま家を追放されれば、間違いなく路頭に迷って、野垂れ死ぬだろう。

「待ってください、義父《とう》さん。せめて里子に出すか、どこかの徒弟になれるよう力を貸してもらえませんか？」

「この期《ご》に及んでまだ親を頼ろうとは……！　とことん図々しい奴だ！　だいたい、なぜ私がおまえの未来を案じてやらねばならん。これまで育ててもらっただけでもありがたく思え。さっさと失せろ、この出来損《できそこ》ないが！」

「……」

忌々《いまいま》しそうに義父が地面に唾《つば》を吐く。

その態度からも、聞く耳を持ってもらえないことは伝わってきた。

「……わかりました。義父さん、今までお世話になりました」

そう伝えて頭を下げる。

義父はもう俺のほうを振り返ることはなかった。

◇◇◇

自室で荷物をまとめながら溜息を吐《つ》く。

家を追放されたことも問題だが、それ以上に加護なしという事実が重くのしかかってきた。

加護がなければ、冒険者になることは叶《かな》わない。

加護で得た能力を使って、資格試験を受験し合格すること。

それが冒険者になるための第一条件なのだ。

「冒険者になれなければ、魔獣使いのライセンスも取得できないな……」

幼い頃、森で遭難しているところを、珍しい見た目のワーウルフに助けられて以来、熱狂的な魔獣ファンになった俺は、魔獣と関わる仕事につくことを夢見てきた。

魔獣使いになるための努力は惜しまなかった。

体を鍛え、知識もがむしゃらに詰め込んだ。

その夢を加護なしだったせいで、諦《あきら》めなければいけないという事実が辛《つら》い。

「くぅーん……」

必死に溜めた書籍が並ぶ本棚を見上げてぼんやりしていると、飼い犬のルーシーが鼻面《はなづら》で俺の足をつついてきた。

「ルーシー、ありがとう。励ましてくれてるんだな」

子供の頃にゴミ捨て場で拾ったルーシーは、いつだって俺に寄り添ってくれる。

義父やアダムよりずっと、家族だと思える存在だ。

家から追放されることになり、真っ先に頭に浮かんだのがルーシーの存在だった。

年老いたルーシーは、耳も遠く、目はほとんど見えていない。

長い旅に耐えられるような健康状態では、到底なかった。

「連れていくことができなくて、ごめんなルーシー。でも離れている間の面倒はメイドのヘレナが見てくれることになってるから。何も心配いらない」

ヘレナはとても優しい少女で、日頃からルーシーをかわいがってくれていた。

ヘレナに任せれば安心だ。

これから先は使用人たちの暮らす建物のほうでルーシーも生活することになるので、父の目に触れて追い出されるような心配もない。

そもそも父がルーシーに関心を示したことなど一度もないし、そもそも俺がルーシーを飼っていることさえ知っていたのかどうか怪しいのだ。

目の前に膝《ひざ》をついて、ルーシーと視線を合わせる。

ルーシーは無邪気な目で、俺のことをじっと見つめてきた。

口はにぱっと開いている。

おばあちゃん犬になっても、底なしに明るい性格は変わらない。

「もしも運よく仕事を見つけられ、ルーシーを養えるようなら、すぐに馬車で迎えに来るから。そしたらずっと一緒に暮らそうな」

未成年なうえ、加護なしの俺が仕事を見つけられる可能性はゼロに等しい。

運良く働けても、日雇いで食いつなぐその日暮らし。

普通に考えたら餓死するさだめにある。

食べ物にありつけない苦しみを老犬のルーシーに強《し》いるなんてとてもできない。

一度ルーシーを強く抱きしめた俺は、未練を断ち切るように身を起こした。

「ルーシー、元気で長生きしてくれな」

◇◇◇

加護なしでは街で仕事を見つけるのも難しいだろうし、いっそ魔獣たちのいる山で自給自足の生活を目指してみるか？

いや、魔獣の中には凶暴で攻撃的なものも少なくない。

それこそ加護なしでは、魔獣に瞬殺されて終わりだ。

魔獣との生活を諦めないためには、どうすべきか。

答えが出ないまま、少ない荷物をまとめ終わって屋敷を出ると、エントランスに横づけした馬車の上から、アダムが合図を送ってきた。

「神殿があるだけの田舎《いなか》町じゃ仕事も見つからないだろう。馬車で半日ほど行けば港湾都市ギャレットがあるだろ。そこまで送っていってやるよ」

正直驚いた。

これまでアダムはずっと、俺に対して当たりが強かったので、なぜ急に親切にされたのか理由がわからなかったのだ。

遭難して魔獣に助けられた件も、そもそもはアダムに陥《おとしい》れられて森の中に置き去りにされたことが原因だったし、その類《たぐい》の嫌がらせは日常的に行われていた。

アダムから濡れ衣《ぎぬ》を着せられて、義父に折檻《せっかん》されたことだって何度もある。

義父がことあるごとに『家はディオに継がせることになるだろう』と言ってきたため、アダムは俺の存在が疎《うと》ましくて仕方なかったのだ。

そんなアダムに、いったいどんな心境の変化があったのだろう。

結果的に自分が家を継げることになったので、俺へのわだかまりが一切消えたのか。

それとも、これで今生《こんじょう》の別れになるかもしれないし、同情心を抱いたのだろうか？

「何をしてる、ディオ。早く乗れって」

今思えば、このときの俺は世間知らずすぎた。

人間は簡単には変わらない。

クズな振る舞いをしてきた奴が突然愛想笑いを浮かべて近づいてきたときは、必ずウラがある。

それを理解できていなかったのだ。

戸惑《とまど》いつつもアダムの隣の御者席《ぎょしゃ》に上がろうとしたら、客車のほうを顎《あご》で示された。

「義父上《ちちうえ》が窓から見ているかもしれないだろ。おまえを家の馬車で送ったことがバレると、後で何を言われるかわからないからな」

「ああ、そうだな。迷惑をかけてごめん、義兄《にい》さん」

「気にするな。俺もあの父親に苦しまされてきたからな。おまえの辛さはよくわかるよ」

アダムが励ますように俺の肩を叩く。

今までの彼の態度とはあまりに違いすぎて、どう反応したらいいのかわからない。

ひとまずアダムにお礼を言って、客車に乗り込む。

アダムの優しさを訝《いぶか》っている俺を乗せて、馬車は軽快に走りだした。

◇◇◇

――それから半日ほど経《た》った頃。

休憩を取るつもりなのか、前触れなく馬車が止まった。

途中からかなり道が悪くなっていたので、おそらくここは森の中だ。

魔獣が現れる可能性のある森で、馬車を止めて休んでも大丈夫なのだろうか？　訝《いぶか》りつつ外に出る。

馬車が止められている場所は、断崖絶壁のすぐ傍《そば》だった。

谷は深すぎて底が見えない。

港湾都市に向かうのに、わざわざこんな危険な場所を通る必要があるとは思えない。

そのうえ振り返っても、まともな道などなかった。

……迷ったのか？

「ディオ、知っているか？　ここは『奈落の谷』と呼ばれる場所だ。時々この谷の中から危険度の高いAランクの魔獣が現れるから、この周囲の森は立ち入り禁止区域に指定されてるんだ。いったい崖の下はどうなっているんだろうなあ？」

にやにやと笑いながらアダムがこちらを振り返る。

そういう顔をしていると、アダムは義父そっくりになった。

「立ち入り禁止区域……。……なんでそんなところに俺を連れてきたんだ？」

「決まってるだろ。こうするためだよ……!!」

アダムは叫びながら、俺を全力で突き飛ばした。

もちろん警戒はしていた。

でもまさか、家族と思っていた相手に殺意を向けられるとは思っていなかった。

その甘さが隙《すき》となったのだろう。

バランスを崩して谷底へ落ちそうになった俺は、それでもなんとか崖のくぼみに両手をかけた。

宙ぶらりんの状態で崖にしがみつく俺を見下ろすアダムの目は、追放を宣言した義父と同じぐらい冷たい。

「実を言うとな、ディオ。【加護なし無能】と言われたおまえの鑑定結果、あれは俺が仕組んだものだったんだよ」

「……なんだって？」

「神官を買収して、どんな結果が出ても『能力が低くて加護が覚醒しない』と言うよう命じておいたんだ。おまえに跡継ぎの座を奪われるのなんてごめんだからな」

「跡継ぎの座なんて、俺は望んでない……！」

「おまえが望んでいようがいまいが、義父上はそのつもりだっただろ！　だいたいおまえを見てるとムカつくんだよ！　いつもヘラヘラしやがって！　俺のことも心のどこかで馬鹿にしてたんだろッ！」

言いがかりの文句を叫びながら、アダムが俺の指をぐりぐりと踏みつけてくる。

「っ……」

「ふははは っ！　痛いかぁ、ディオ？　でも無理して持ち堪《こた》えたところで無意味だよ。おまえの人生はここで終わりだ。てわけで、あの世で幸せに暮らせよ。じゃーな!!」

「……！」

気力だけでしがみついていた俺の指先目掛けて、アダムが思いっきり踵《かかと》を落とす。

だめだ。

もたない。

落下する瞬間、歪《ゆが》んだ顔で笑っているアダムの姿が見えた。

◇◇◇

壁に何度もぶつかり負傷しながら、猛烈なスピードで奈落の底へと落ちていく。

ぶるぶると頰の皮が震える。

息がまともにできない。

地上の光がどんどん遠ざかっていく。

衝撃を覚悟したそのとき――。

——ぼよよーん。

「…………………………え？」

弾力性のある柔らかいものの上に落ちた俺は、そのままぼよよんぼよよんとバウンドを繰り返した。

なんだかわからないが助かった？

俺は悪運が強いタイプなのかもしれない。

ところが安心できたのも束《つか》の間《ま》。

柔らかい地面が、突然グラグラと揺れ動きだした。

「……！」

これは地面じゃない。

生き物だ。

俺はすぐさま揺れる地面の上から飛び降りた。

『グゥオオオオッッッ』

唸《うな》り声を耳にして振り返る。

地上から届くわずかな光を頼りに目を凝《こ》らすと、そこには全身を白い毛に覆《おお》われた巨大な魔獣の後ろ姿があった。

このシルエットには見覚えがある。

古本屋で手に入れた魔獣図鑑。

白い体毛に覆われた特徴的な姿は、挿絵で描かれていたものとそっくりだ。

これは――危険度Aランクの魔獣イエティだ。

「……夢みたいだ」

真っ先にその言葉が口をついて出た。

俺の住んでいた地域は安全区画内だったため、日常で遭遇するのはFランクからDランクの魔獣がほとんどだった。

だから危険度Aランクの魔獣を目にすることなんて、生まれて初めてなのだ。

「図鑑の絵とは比べものにもならない迫力だな……！　すごい……。すごすぎる……！」

子供の頃から動じることがほどんとなかったため、義父からは気味の悪いガキだとよく言われてきた。

自分でも喜怒哀楽の感情に乏《とぼ》しいという自覚を持っている。

そんな俺だったが、魔獣が絡《から》むとつい我を忘れて興奮してしまう。

現に今も自分が置かれている状況をすっかり忘れてはしゃいでいる。

「だって本物のイエティだぞ……。感動しないなんて無理がある」

危険度ランクが上がれば上がるほど、当然遭遇した側は命の危険が増える。

Aランクといえば、並の冒険者ではまったく太刀打《たちう》ちできないほど危険な存在だ。

それでも出会えたことがうれしかった。

「というか俺、おまえの腹をクッション代わりにしちゃったんだな。ごめん。怪我しなかったか？」

錆《さ》びついたような動きで、イエティがゆっくりとこちらを振り返る。

「……え？」

イエティとまともに対峙《たいじ》した俺は、衝撃のあまり目を見開かずにはいられなかった。

「なんだ、これ……」

毛の抜け落ちた腕や、腹、それに顔中に、小さな丸い穴がびっしりと開いていて、そこからドロドロとした膿《うみ》が溢《あふ》れ出ている。

腐った眼玉は顎《あご》の辺りまで垂れ下がり、空洞になった眼窩《がんか》には、代わりに何か黒いものがもぞもぞと蠢《うごめ》いていた。

それがびっちりとたかった蛆虫《うじむし》だと気づくまでに、数秒かかった。

「……っ」

怖気《おぞけ》を感じて、鳥肌が立つ。

体中が腐敗し、小さな虫たちの餌食《えじき》になった姿を見ると、まだ生きているのが不思議だと思わずにはいられなかった。

『ウグッグガァアアア……』

怒りと苦しみの混じったような声をあげたイエティが、両手をこちらに向かって伸ばしてくる。

溶けかけている腕からは、ドロドロとした液体が垂れていて、それが地面に落ちると嫌な臭《にお》いとともに白い煙が上がった。

イエティの振り上げた拳が振り下ろされる。

間一髪のところでなんとかかわすことができたが、俺の代わりに殴りつけられた地面は抉《えぐ》れてしまった。

「イエティ、俺はおまえと戦うつもりはないぞ」

一応そう声をかけてみるが、イエティの行動に変化は見られない。

次々繰り返される攻撃を、後退しながら避けるだけで精一杯だ。

横をすり抜けて逃げ出すだけの余裕はない。

そのうちに壁際《かべぎわ》まで追い詰められてしまった。

逃げ場所はないし、俺には戦う術《すべ》もない。

加護なしという鑑定結果が偽《いつわ》りだったにせよ、加護を発動させるためにはそれ相応の訓練が必要だ。

もちろん逃げ続けながら、加護の力を発動させられないかは試してみた。

しかし自分の中から特別な力が湧き上がってくるようなことはなかった。

万事休《ばんじきゅう》すだ。

「……まあ、アダムに突き飛ばされて転落死するって終わり方より、大好きな魔獣に殺されるほうが全然ましか」

腹を括《くく》った俺は、迫り来るイエティをじっと見つめたまま体の力を抜いた。

咆哮《ほうこう》を上げ、イエティが腕を振り上げる。

その瞳がきらりと光った。

あれは……涙?

気づいた瞬間、胸が抉られるように痛んだ。

「おまえ苦しいのか……」

今にも殴りかかる寸前だったイエティが、そう問いかけたとき、ほんの束の間動きを止めた。

再びイエティが呻《うめ》き声を上げる。

耐えがたいように頭を振って身悶《みもだ》える様子からも、こちらの声が届いているようには見えない。
それでも先ほどの一瞬、イエティと通じたような気がした。
「くそ……」
あんなに辛そうなのに、俺には何もしてやれないのか？
潔《いさぎよ》く死んで終わり、俺はそれでいいが、このイエティの苦しみは俺が死んだ後も続く。
そう思った途端、死んでる場合じゃないと思ってしまった。
何かイエティのためにできることはないのか？
どうにかして救ってやりたい。
そのためだったらなんだってする。
何か……何か俺にできることは……！
心の底からそう望んだとき――。
突然、俺の腕から七色の光が放たれた。
「……！」
眩《まばゆ》い光は激しく輝きながら、まるで大蛇のような動きでイエティの体を搦《から》め捕《と》る。
唸りながらイエティが藻掻《もが》くが、到底逃れられそうにない。
……なんだ、これ。

さらに信じられないことが起こった。

ぐるぐると絡みついている光の先端に、突然口のような穴がぽかっと開く。

その穴はまるでごちそうに食らいつくかのように、あ――んと大口を開けるみたいに広がって――。

シュボオオオッ！

すさまじい吸引音とともに、いっきにイエティを吸い込んでしまった。

手首が燃えるように熱い。

その部分にこれまではなかった黒い痣《あざ》のようなものができている。

しかし驚いている間もなく、俺の体に不可思議な変化が起こりはじめた。

体の内側から今まで感じたこともないような冷気を帯びた力が湧き上がってくる。

それとともに脳みそを引っ掻き回されるような感覚がして、イエティに関する膨大な情報が押し寄せてきた。

図鑑にも載《の》っていないようなイエティの生態に関する詳細や、イエティが保有している『氷魔法』の魔法式と扱い方――。

先ほどまで知らなかったはずの知識が、いつの間にか頭の中に存在している。

「……なんだこれ。何が起きたんだ……」

呆然としながら呟《つぶや》く。

――貴方《あなた》様の力によって、私の存在そのものが吸収されたようでございます。

突然どこからか返事があった。

俺以外誰もいないはずだが。

周囲を確認するが、誰の姿も見当たらない。

奇妙なこと尽くしだ。

――いったいなんなんだ……？　……というか今の声……明らかに頭の中から響いてきたような……？

――仰《おつしや》るとおりでございます。私は貴方様の中に取り込まれましたので、貴方様の頭に直接語り掛けさせていただいております。

口に出さず、脳内だけで考えた疑問に対して、先ほどの声がそう伝えてくる。

――取り込まれた？　まさかおまえ、さっきのイエティなのか？

――ええ、私はイエティでございます。

――……！

夢みたいだ。まさか魔獣と会話できるなんて。

普通だったら驚くべきなのは、イエティを取り込んでしまったことのほうだろうが、魔獣好きの俺にとって重要なのはそっちじゃない。

動物と人間が言葉を交わせないように、当然ながら魔獣と人間だって喋《しゃべ》ることなどできない。

そのはずなのに、なぜか俺は今、大好きな魔獣とコミュニケーションをとれている。

「すごい！　最高だ！」

こんな奇跡があるだろうか。

生まれて初めてこんなはしゃいだ声を上げた。

——私もこれまでの長い魔獣生の中で、会話ができた人間は貴方様が初めてでございます。このように会話を交わせるおかげで、貴方様へ感謝の気持ちを伝えることができます。不死化する奇病にかかったことにより体中が腐乱し、逃れようのない苦しみに襲われていたのですが、貴方様が私を食らってくださったことでようやく解放されました。本当に感謝しております。

不思議なことに、イエティと会話を続けているうちに、半透明のイエティの姿が見えはじめた。

脳が見せている幻なのかなんなのかはわからない。

幽霊のようなイエティは、先ほどまでの腐乱した姿ではなく、図鑑で見たとおりの姿をしていた。

真っ白くて巨大なふわふわの獣という感じである。

イエティと話せる喜びはまだ覚めやらないが、さすがに浮かれてばかりもいられない。

——食べたって……俺の手から出た謎の力のことだよな。

——はい。貴方様は見たこともない不思議な力を使って、私をパクッと丸呑みなさいました。食べられた私は、能力や知識のすべてを貴方様に吸収され、貴方様に取り込まれた模様でございます。感覚でわかります。

——感覚って……。

突然発動された謎の力。

恐らく俺の加護が土壇場で覚醒したという可能性が高い。

ただ他者の知識や能力を丸呑みにしてしまい、さらには意識が共有できるようになる力なんて聞いたことがない。

——私、一点だけ心配事がございまして……私はそのおかなり饐《す》えておりましたので……貴方様のおなかは大丈夫でございましょうか……？

イエティに言われて自分の腹を思わず見る。

腐乱しているイエティを吸収したのに腹を下すだけで済むのなら、結果としては悪くないような気がしたが。

二話

このあと腹痛を催《もよお》すのか気になるところだが、ひとまず状況を整理しよう。

イエティの一撃を食らう寸前、俺の腕から七色の光が放たれた。

おそらくあれがイエティの言う『不思議な力』というやつなのだろう。

──状況から考えて、俺の加護が覚醒した以外考えられないな……。

魔獣を取り込み、その能力や知識を吸収してしまったのだとしたら、無能どころかかなりレアな加護を授かったということになる。

イエティは『感覚でわかる』と表現したが、それは俺も同じだった。

──……つまり、俺が殺しちゃったってことだよな？

罪悪感を抱きながら呟《つぶや》く。

そんな俺を温かい眼差《まなざ》しで見つめながら、イエティは首を横に振った。

──貴方様《あなたさま》がしてくださったことは、私に唯一与えられた救いでございました。あの恐ろしい病《やまい》から解放してくれたのですから』

そういえば奇病にかかって苦しんでいたと言っていたな。

見るも無残な姿になっていたのも、その病のせいだという話だった。

——いったいどんな病だったんだ？

——ある日、この地底窟《くつ》に棲《す》む魔獣たちの間で謎の病が流行《はや》りはじめました。病に感染した魔獣は、怒りに飲み込まれ、ひたすら破壊を繰り返します。恐ろしいことはそれだけではありませんでした。体は爛《ただ》れて腐敗し、のたうち回るほどの苦しみに襲われるのでございます。目が溶け、鼻がもげ落ち、水も食べ物も喉《のど》を通らなくなります。病によって身も心も化け物になり果てるのです。あのような状態では生きているなどとはとても言えません……。それなのになぜか、どれほど体が腐敗しようが命が尽きる時は一向に訪れませんでした。私だけでなく、奇病に侵《おか》された魔獣たちは、皆同じように不死化したようでございました。

——そんな……。

それほどまでに恐ろしい病、聞いたことがない。

——苦しみしか与えてくれない腐った体に縛りつけられたまま、七転八倒しながら破壊を繰り返す。そんな地獄から、貴方様が私を救ってくださったのです。

イエティは憑《つ》き物《もの》が落ちたような顔でにっこりと微笑んだが、俺は返す言葉を見つけられなかった。

腐乱した体を襲う強烈な痛みと、破壊衝動に苦しめられ続ける。

どれほど辛《つら》かったか、想像もつかない。

――一度不死化してしまった生物は、二度とかつての自分を取り戻すことはできません。ですから不死者に与えられる唯一の安らぎは、死のみなのでございます。

闇魔法を使って不死者を生み出すような種族が、大陸のどこかに存在しているという話は聞いたことがある。

俺が不死に関して持っている知識はせいぜいその程度だったが、おそらくイエティの言っていることは正しいのだろう。

もの悲しさは残るけれど、イエティを苦しみから救えただけでもよかったと思うしかなさそうだ。

――貴方様はずっと私のため、心を痛めてくださっております。なんとお優しい方なのでしょう……。しかし、どうかもう気に病《や》まれないでくださいませ。肉体は消滅しましたが、このとおり私の魂は貴方様とともに存在させてもらっております。

――イエティ……。

――しかし、許可なく貴方様の心の中に住み着く結果になってしまいました。申し訳ございいません……。

——いや、それは全然いいんだ。というか、むしろ魔獣好きな俺からしたら、君とこんなふうに頭の中で会話できるなんて最高な状況だし！　あっ、最高っていうのは不謹慎だった！　ごめん……！

慌《あわ》てながら謝るとイエティが低くて心地いい笑い声をたてた。

——私は貴方様のことをとても好きになりました。これからご迷惑をおかけすると思いますが、どうぞよろしくお願いいたします、家主《やぬし》様。

俺の中に取り込まれてしまったイエティが、気持ちを切り替えて明るく接してくれているのだ。

いつまでも湿った空気を出してはいられない。

——ああ、こちらこそよろしく。

心の中で握手を交わすようなつもりで、俺はイエティに返事をした。

◇◇◇

「さてと、まずはここから脱出しないとな」

言いながら崖の上を見上げる。

まさに断崖絶壁という感じで、素手でよじ登っていくなんて到底不可能だ。

――僭越《せんえつ》ながら、氷魔法を利用されれば造作《ぞうさ》もないことかと。私を吸収なさったことで、私の魂だけでなく、知識や能力もご主人様の内に取り込まれたことを感じます。今のご主人様であれば、私が生前保有していた魔法を発動させられるのではないでしょうか？

イエティの言うとおり、実は彼のことを取り込んだそのときから、俺の中にはひんやりとした強力なエネルギーが満ちていた。

感覚でわかる。

自分が氷魔法を使えるようになったのだと。

――試してみるよ。氷魔法の使い方を教えてくれ。

――かしこまりました。まずは手を伸ばし、氷魔法をイメージなさってくださいませ。

――わかった。

すうっと息を吸い、頭の中で氷魔法をイメージする。

体の中に冷たいエネルギーが満ちてくる。

それまで背中の後ろ辺りに存在を感じていたイエティが、自分の内側にずいっと入り込んでくるような気配がした。

イエティの強大な魔力に包まれながら、彼と一体化したような感覚だ。

その直後、俺の掌《てのひら》から猛烈な勢いで氷の渦が放たれた。

氷魔法は硬質な音を響かせながら、俺がイメージしたとおりの形に変化していく。

そしてみるみるうちに、地上まで続く氷の階段ができあがった。

――イエティ、君の魔法はすごいな。

光り輝く透明な階段を見上げながら呟く。

一般的な冒険者が氷魔法を放った場合、せいぜい水を凍らせるぐらいだと聞いたことがある。

それに比べてAランクの魔獣であるイエティが放つ氷魔法は、とんでもなく強力だ。

イエティは穏やかな声で、『この力はすでにディオ様のものでございます』と言った。

◇◇◇

「やっと着いた……」

息を切らして呟いた俺は、そのまま地面に倒れ込んだ。

果てしなく思えた氷の階段を登り続け、ついに地上へと辿《たど》り着いた。

何時間も階段を上り続けた足は、さすがにガクガクしている。

——魔獣使いになるために筋トレもしてきたけど、全然足りなかったみたいだ……。

——わたくしの保有している魔法の中に、飛行系のものがあればよかったのですが……。ご主人様の加護を用いて、飛行能力を持つ魔獣を取り込んでみてはいかがでしょうか？

——確かに飛行系魔法を保有していれば便利だとは思う。

でも……。

——苦しみから救う唯一の手立てでもない限り、魔獣を取り込むようなことはしたくない。

——というか、魔獣が可哀相すぎてできるわけがない、無理だ！

魔獣への余りある愛情が炸裂した俺は、全力で首を横に振った。

取り込むって言い方でごまかしたところで、あの力が魔獣の命を奪うことに変わりはないのだ。

そんな俺を見たイエティは、顔の前で手を組み合わせた。

——ご主人様……！　なんとお優しい……！　わたくし感動いたしました。

じーんとした目で見つめられ、取り乱していた俺はハタと我に返った。

またやってしまった。どうしても魔獣のこととなると興奮してしまう。

恥ずかしくてコホッと咳払《せきばら》いをする。

——優しいなんて大げさだ。ほんとにただ好きなものを傷つけたくないだけだから。

――いえいえ、そんなことはありません！　私たち魔獣は知っております。ほとんどの人間にとって魔獣は狩りの対象であり、利用する道具でしかないことを。

魔獣好きの俺としてはとても情けないことだけれど、イエティの言うとおりだ。

長い間、魔獣は人間によってひどい目に遭《あ》わされてきた。

魔法研究所は捕らえた魔獣を実験に利用し、命を奪い続けている。

五年前の戦争では、兵器の代わりに投入された魔獣たちが数えきれないほど犠牲になった。

そのすべてが合法なのだ。

この国には、というか恐らく世界中ほとんどの国で、魔獣を守るための法律は存在しない。

戦後、魔獣愛護団体が設立されたが、魔獣を巡る環境を改善するのはまだこれからというのが現状だ。

――ご主人様、これからどうなさいますか？　というかご主人様はそもそもなにゆえ、地上からこの奈落の谷へ転落していらっしゃったのでしょうか？

――あー……実を言うと――。

家を追放された挙げ句、義兄のアダムに殺されかけたことを打ち明けると、イエティは憤慨《ふんがい》した。

――命を奪おうとした義兄上《あにうえ》も、理不尽な理由でご主人様を追放なさった義父上《ちちうえ》も、正しく罰せられるべきでございます！

――家族に殺されそうになったなんて、情けなさすぎて恥ずかしいんだけど……。

――何を仰《おつしや》います。恥じ入るべきはご主人様の義兄上でございます！　僭越ながら、わたくしはご主人様を崖に落とした義兄上を氷漬けにして差し上げるべきではないかと思うのですが。

イエティが大真面目《おおまじめ》に物騒なことを言いだす。

俺は苦笑を返した。

俺が義父とアダムに対して冷静な気持ちでいられたのは、イエティが俺の代わりに怒ってくれたからだと思う。

家に帰れば、間違いなく義父とアダムと対峙《たいじ》することになるだろう。

殺害を企《くわだ》てた相手が生還したと知ったら、今度は全力で命を狙ってくるかもしれない。

迎え撃つことになる可能性も考慮すると、自分の加護についてしっかり把握しておきたいと思った。

そのためにもまずはアダムに買収され、偽《にせ》の加護結果を俺に言い渡した神官ではなく、まともな神官に加護を再鑑定してもらう必要がある。

そんなわけで、ひとまず俺は神殿へ向かうことにした。

◇◇◇

俺が偽《いつわ》りの鑑定結果を告げられたアッカルド神殿は、町の北側に広がる林の中に建っている。

神殿内の一部は常に開放されているので、俺は中へ入っていった。

まだ時間が早いこともあり、他に人の姿はない。

ちょうど祭壇の火に油を注《さ》すため神官が現れた。

そう考えて近づいていくと――。

「ん？　あれは――」

あの人に再鑑定の申し出をしてみよう。

「ああっ、君は……!?」

アダムに買収された神官だった。

「ブライス家の次男坊!?　こんなところで何をしているのですか……!?」

めちゃくちゃ動揺しまくった声で神官が叫ぶ。

俺は彼を冷たい目で見下ろした――。

「俺の加護鑑定結果は偽《いつわ》りのものだったんですよね？　だから、もう一度鑑定してもらいに来たんです」

「なっ……!!　私の仕事に言いがかりをつけようというのですか!?」

「あなたは俺を加護なしだと鑑定しました。でもこのとおり加護を使えたんです」

俺はその場で例の加護を発動させてみせた。

もちろん神官に向かって、攻撃を放ったりはしなかったが。

そんなことせずとも俺の加護を見た途端、神官は腰を抜かしてしまった。

「ひぃっ!?　こ、殺されるぅっ……!　衛兵！　衛兵ぃいいい!!」

神官が喚《わめ》き散らすと、武器を手にした衛兵たちが駆けつけてきた。

貴族も訪れるだけあって、田舎《いなか》町の神殿のわりに警備がかなりしっかりしている。

「この者が私に狼藉《ろうぜき》を働こうとしているのです！　さっさと摘《つ》まみ出してください!!」

震える指で神官が俺を指さす。

誤解されたくなかったので、衛兵が現れる前に発動させた加護は解除しておいた。

丸腰で立っているだけの俺と、取り乱している神官を見比べた衛兵たちは、どうしたものかというような表情を浮かべた。

「何を迷っているのです！　さっさとその者を捕まえるのですッ！　あなたがたは神官を守るために雇われているのでしょう!?」

鬼の形相《ぎょうそう》で捲《まく》し立てる神官の勢いに気圧《けお》され、衛兵たちが俺を取り囲む。

「俺は加護鑑定の不正について、話を聞いてもらいたいだけなんですが」

「聞いたか、衛兵たちよ！　加護鑑定で不正が行われるなどありえるわけがない！　この不届き者はアッカルド神殿の権威を貶《おとし》めに来たのだ！　摘まみ出すだけでは足りん。私が許可する。切り捨ててしまえ！」

神官が責任を取るとわかったからか、衛兵たちはもはや躊躇《ためら》うことがない。

力ずくで俺を排除しようと襲いかかってくる。

こんなところで無意味に戦うつもりなんてなかったのだけれど。迎え撃つしかなさそうだ。

一対十五か。

――イエティ、氷魔法で複数の敵の動きを封じるなら、どういう使い方がいいと思う？

隣でふよふよ浮いているイエティに向かい、脳内で尋《たず》ねる。

神官にはイエティがまったく見えていない様子だ。

——氷の輪を飛ばして、脚を切断してしまえば、一歩も動けなくなるでしょう。

——それはバイオレンスが過ぎるな!? 衛兵たちは悪者ってわけじゃないから、動きを止められればそれで十分なんだが。

——なるほど。では吹雪《ふぶき》による超音波を用いるのがよいでしょう。一瞬で彼らを気絶させることができます。

——命を危険に晒《さら》すことなく?

——さようでございます。

——わかった。それじゃあやってみよう。

《吹雪の超音波》なるものを発動させるための知識は持っている。

——ご主人様、ご自身の耳を塞《ふさ》ぐことをお忘れなく。

——ああ!

両手で耳を押さえてから、頭の中で魔法をイメージする。

大きく息を吸い込み、口から冷気を吐き出すと——。

ヒュォオオオオオオオッッッッ――。


うわっ。

耳を塞いでいても、体がぴりっとなる。

吹雪の超音波を直《じか》に聞いてしまった衛兵や神官は、目を回してその場に倒れ込んでしまったぐらいだ。

――……生きてるよな？

――気絶しただけでございます。

ならよかった。

――申し訳ございません、ご主人様。……なんだか私、急に眠く……すぴーすぴー……。

言ってる傍《そば》から寝息が聞こえはじめ、やがてイエティの存在が遠のいていくような感覚がして、寝息も届かなくなった。

ただし、まったく気配がなくなったというわけではない。

恐らく脳の中の深いところで眠りについたのだろう。

力を使ったからなのか、疲労が溜まっていたからなのかは謎だが、まあゆっくり眠らせてやろうと思う。

「さて……。衛兵たちはとりあえず気絶させたままにしておくとして――」

俺は転がっている神官の前にしゃがみ込むと、その頰をペチペチと軽く叩いた。

神官の瞼《まぶた》がパチッと開く。

俺と目が合った途端、神官の顔は真っ青になった。

自分の置かれている状況に気づいたのだろう。

「あっあっ……あひいいいッッどうかお助けをぉおおおッッッ……!!」

あっさり態度を翻《ひるがえ》した神官が、床に額《ひたい》を擦《す》りつける勢いで土下座してくる。

「ほんっとうに申し訳ございませんッッッ。私だってあんなことはしたくなかったのです！　しかし、あなたのお義兄《にい》さんがどうしてもと頼んできたので断りきれずッ……。ああっ、どうお詫びをしたらいいものか……!!」

一方的に叫び続けている神官を前に、溜息を吐《つ》いたとき――。

「なんの騒ぎです?」

◇◇◇

静かで威厳に満ちているのにも拘《かか》わらず、あどけなさの残る声がした。

振り返ると、神殿の奥の扉より、頭からすっぽりとローブを被《かぶ》った少女がゆっくりと出てくるのが見えた。

「し、神官長代理様……」

土下座したままの体勢で、神官が呟《つぶや》く。

この女の子が神官長代理……？

ローブのせいで顔立ちは確認できなかったが、幼い声や小柄な体格を見れば、明らかに俺より年下なのがわかった。

その年で神官長代理の座についているということは、よっぽどの実力者なのだろう。

少女は気絶している衛兵たちをちらりと見やり、それから俺を見て、最後に神官の前で視線を止めた。

「あっあのっ、神官長代理様、これには、その……わ、わけが……！」

神官が捲《まく》し立てようとするのを、神官長代理の少女が手で制する。

彼女はそのまま無言で杖を翳《かざ》した。

杖の先端がぽうっと光り、少ししてから消える。

「……なるほど。情けない話ですね。神に仕《つか》える身で、欲に目が眩《くら》み買収されるとは……」

どうやら神官長代理は魔法を用いて、悪徳神官が犯した罪を垣間見《かいまみ》たようだ。

すべてを見透かしているような瞳で、神官長代理が神官のことを冷ややかに眺める。

その途端、神官の顔に絶望の色が広がった。

口でなんと言おうが、自分の罪をごまかせないと悟ったのだろう。

「そちらのあなた、誠に申し訳ありませんでした。この者に代わって謝罪させていただきます。神官長は不在なため、私が改めて加護鑑定を行わせていただきます」

「な!? そんな……！ 神官長代理ともあろうお方が、こんな一般人の加護鑑定を行うなんてなりません……!! あなた様の加護鑑定を受けられるのは、貴族だけのはず……!!」

「黙りなさい」

「ひっ……！」

「そのように身分や立場ばかりに心を囚《とら》われているから、くだらない過《あやま》ちを犯すことになったのです」

神官長代理に威圧され、アダムと組んでいた神官は震え上がった。

「さあ、ついてきてください。奥で再鑑定をいたしましょう」

悪徳神官に対する時とは違い、穏やかな声音で神官長代理が俺に呼びかけてきた。

俺は頷《うなず》き返し、神官長代理の後に続く。

神官長代理は奥の間に繋がる廊下に出る際、青ざめている悪徳神官のほうを振り返った。

「悪に魂を売った者を神殿に置いておくわけにはいきません。すぐさま荷物をまとめて出ていきなさい」

「ああ、そんな……」

悪徳神官が床に頽《くずお》れるのと同時に、扉が閉まった。

四話

神官長代理の案内で、俺は神殿内の最奥《さいおう》にある場所に通された。

水を張った床の真ん中に通路が一本通っていて、その中央部分に祭壇がある。

前回鑑定してもらいに来たときとは、部屋のスケールが違う。

どうやらここは高位の神官しか入ることのできない場所のようだ。

丈《たけ》の長い裾《すそ》を引きずりながら歩く神官長代理の後に従い、祭壇まで向かっていると――。

「ひゃんっ!?」

ローブを踏みつけた神官長代理が、ずいぶんとかわいい声を上げて転んだ。

「大丈夫ですか?」

声をかけながら傍《かたわ》らに屈《かが》み込む。

「ううっ……」

大の字にべたんと倒れた神官長代理は、うめき声を漏《も》らしながら顔を上げた。

その拍子《ひょうし》に彼女の顔を隠していたローブが後ろに落ちた。

サラサラの銀髪と、透き通るような青色の瞳。

どことなく冷たさを感じさせる整いすぎた顔立ちは、精巧な人形を思わせる。

もしこの顔に無表情でじっと見つめられたりしたら、生きているのか疑いたくなっただろう。

でも今彼女は、したたかに打ちつけた鼻の頭とおでこを赤くしている。

完璧な美貌とは相反する人間らしさが、垣間見《かいまみ》えた気がした。

「し、失礼いたしました。今見たものについてはどうか忘れてくださ……ひゃあ!?」

慌《あわ》てて立ち上がろうとしたせいで、再度裾を踏んでバランスを崩す。

「おっと」

今度は転ぶ前に支えることができた。

「す、すみません……。私としたことが……。恥ずかしすぎて消えてしまいたいです……」

意外とおっちょこちょいらしい。おかげで権威ある者特有の近寄りがたい印象が薄れた。

俺は苦笑しながら、彼女を励ますように声をかけた。

「神官様たちの服装は、日常生活を送るのにあまり向いていなさそうですね」

「本当にそのとおりです……。特にこの階級の服には慣れていないので……」

彼女は相当恥ずかしいらしく、もじもじしながら俺に礼を伝えてきた。

装束《しょうぞく》に慣れていないということは、神官長代理になってまだ日が浅いのだろうか？

「今度は転ばぬよう気をつけます」

神官長代理はそう言うと、ローブの裾を両手でむんずと掴んでから祭壇の前に立った。

「さて、気を取り直して、こほん。——まず、あなたの名前を教えてください」

「ディオ・ブライスです」

「では、ディオさん。さっそくあなたの再鑑定を行わせていただきましょう」

少女が杖を振りながら呪文を詠唱すると、ぽうううっと音をたてて杖が神々《こうごう》しく光った。

「……ふむ、これは」

光は虹色になって一際《ひときわ》激しく輝いた後、ゆっくりと消えた。

「ふふっ、面白い」

神官長が意味ありげに目を細めて呟《つぶや》く。

「ディオさん。あなたに与えられた加護は『悪喰《あくじき》』。非常に珍しいSSSランクの加護です」

「SSS？　いや、それより悪喰ってまさか……」

「ええ、あなたもご存じでしょう。あの大英雄オレアンの加護と同じ力をあなたは授かったのです」

「英雄オレアンと同じ加護……」

信じられない気持ちで呟く。

英雄オレアンは誰もが存在を知っている大英雄だ。

世界を救うための旅、彼が倒した数多《あまた》の敵、無敗の伝説。

そして悲劇的な最期《さいご》。

その流れで子供の頃に読んだオレアン伝説の挿絵を思い出した俺は、無意識に息を呑んだ。

力を使う代償として闇に飲み込まれていったオレアンは、最終的に暗黒の淵《ふち》に落ちてしまう。

挿絵に描かれていたオレアンの皮膚は、どす黒い色に変化し、闇と見分けがつかなくなっていた。

オレアンがなぜ闇に飲み込まれたのか。

物語では彼の心の問題のように描かれていたが……。

俺は微《かす》かに視線を落として、自分の手首を見た。

初めて悪喰を発動させたときにできた黒くて小さい痣《あざ》。

もしかしてこれは……。

「悪喰について具体的な情報がほしいのですが」

「加護辞典を見てみましょう」

神官長代理の少女が杖を振ると、空中に分厚い辞典が現れた。

誰の手も触れていないのに、パラパラと辞典のページがめくられていく。

「ありました。『悪喰——対象物を吸収し、そのものの持つ能力、知識、経験を自《みずか》らの力に変える加護のこと。際限なくどんなものでも吸収できることと、吸収の仕方が捕食行為を連想させることから、悪喰の名がつけられた。五百年前に現れた伝説の英雄オレアン以降、加護を手にした者は一度も現れていない——』。残念ながら現状閲覧《えつらん》可能な情報はこれだけのようです。有名な英雄の加護がこの情報量というのは明らかに不自然なので、加護の詳細は国家機密扱いになっているのだと思われます」

なるほど。

となると痣のことは改めて調べるしかなさそうだ。

にしても対象物を吸収か。

「だからイエティを取り込むことができたのか」

「すでに加護を試してみたのですか?」

「ああ、はい。実は——」

俺は奈落の谷の中で起こったことを話して聞かせた。

「魔獣の魂を取り込めたなんて……」

神官長代理はよほど衝撃を受けたのか、瞳を大きく見開いている。

「……たしかにこの加護の原理ならそれも可能ですが、魔獣の魂ごと能力や知識を手に入れるなど前代未聞《みもん》です。ディオさん、あなたはなんて計り知れぬ存在なのでしょう」

神官長代理から信じられないものを見るような視線を向けられて、反応に困ってしまう。

「さっきの説明だと、吸収できるのは魔獣だけじゃないってことなんでしょうか？」

「そのようですね。たとえば能力を奪いたい人間がいるのならば、加護を使って相手を食べてしまえばいいわけです」

「……うっ、さすがにそれはちょっと」

共食いみたいで気持ち悪いから、極力避けたい。

「——それにしても不死化の魔獣と偶然遭遇するとは、やはりすべては予言通りに……」

俯《うつむ》いた神官長代理が、口の中だけで何かを呟いた。

「え？」

「あっ、いえ……実は病《やまい》に侵《おか》された魔獣について、少し心当たりがあるのです」

まだ一般には公表されていない情報のため、他言《たごん》しないでほしいと念を押してから、神官長代理は続けた。

「神殿跡地や地下洞窟などの探索を行う冒険者の間で、ディオさんが見たような魔獣を目撃したという声が上がっており、国家機関が秘密裏に調査を行っているようなのです。——どんなに殺そうとしても死なない魔獣がいる。その魔獣は非常に凶暴で、通常のランク以上の攻撃力を発揮する。あなたが見た魔獣の特徴と一致してしますか？」

俺が頷《うなず》くと、神官長代理は重い溜息を吐《つ》いた。

「魔獣たちは何らかの感染症にかかっている可能性があると考えられています。もし本当にそのような感染症が発生しているのなら、大変な混乱が巻き起こるでしょう。すでに一部では、魔獣の殲滅《せんめつ》を訴える声も上がっています。もっとも魔獣が不死化しているのであれば、魔獣を倒すどころか、滅ばされるのは人の側になりそうですが」

「不死化の病が感染性のものであったとしても、病にかかっていない魔獣にはなんの罪もないはずだ。それを絶滅させるなんてどうかしている」

「不死化した魔獣に対して、人類が対抗手段を持たないのなら、不死化して手に負えなくなる前に、魔獣の数をできるだけ減らそうとするのは、ごく自然な流れとも言えます」

「それは人間のことしか考えていない意見だ。自分たち種族の利だけを求める生物は、やがて滅びの道を辿《たど》る。人は人だけで生きていけるわけじゃないんだから」

「それでは不死化する魔獣に対して、何か他の対処方法があると思われますか？」

なぜ自分がSSSランクのとんでもない加護を授かれたのか不思議だったが、その理由がわかった気がする。

「魔獣たちを絶滅させるなんて見過ごせない。そんな暴挙が実行に移される前に、悪喰の力で俺がなんとかします」

「あなたがたった一人でこの問題を解決するというのですか？　現実的ではありませんね。すでに不死化している魔獣がどれほどの数存在しているかもわからないですし」

「多いかもしれないし、少ないかもしれない。でも答えのわからない問題について言い合っていても仕方ない。国が問題解決のために、魔獣を絶滅させようなんて考えているのなら、俺はそれを阻止するために、不死化したすべての魔獣を自分の中に飲み込んで、彼らを守ってみせる」

「……」

神官長代理は黙り込んだまま、じっと俺を見つめてきた。

「たしかに理論的にはあなたの加護であれば、不死化の魔獣に対処することができます。しかし今のあなたは、冒険者ですらありません。あなたを機密組織の代表たちと会わせたところで、悪喰を発動させる前に魔獣に殺されるのがオチだと思われるでしょう。もしも意志が固いのであれば、まずは冒険者の資格を取得してください。幹部と会うには、最低でも冒険者ランクA以上でなければいけません」

「Aランク以上になったら、説得の機会をもらえるんですね？」

「はい、お約束します」

「あなたにはどうやってコンタクトを取ったらいいんですか？」

「そちらから連絡をいただく必要はありません」

そう言うと、神官長代理は俺の頭上に杖を翳《かざ》してきた。

杖の先端が、加護鑑定をしたときとは別の色の光を放つ。

「これでどれだけ離れていても、必要なとき、あなたの気配を読み取ることができます。こちらの求める条件を満たしたと判断したときには、私のほうから会いに行きます。ディオさんが強くなるのが先か、魔獣絶滅策に国が舵《かじ》を切るのが先か。あなたが口先だけの人ではないことを期待しています」

それまで同様、彼女の言葉は冷ややかで、どこまでも割り切ったものだった。

ところがなぜなのか俺を見つめ続ける瞳の奥には、何か切実な想いのようなものが宿っている。

まさか彼女も魔獣絶滅反対派で、俺の反発心を煽《あお》るためにわざと極秘情報を明かしたのか？

そんな考えが過《よ》ぎったが、彼女はこれ以上話すことはないというようにふいっと背を向けてしまった。

まあ、彼女が同じ思いを抱いているかどうかは関係ない。

俺はとにかく国家機密機関だとかいうふざけた連中に対し、自分が魔獣を守れる人間だと証明するのみだ。

とにかくまずは冒険者登録をするため、ギルドへ向かわなければならない。

しかし家を継いで当主になっている場合を除き、未成年者がギルドに職業登録を行うには、保護者か後見人の承諾が必須だ。

「義父と話し合う必要があるな」

もともとルーシーを引き取るため、家には戻るつもりだった。

それに俺の死を望んだアダムにも、挨拶《あいさつ》をしておきたい。

◇◇◇

「レイティア司教様……!!」

ディオを送り出した後。

物思いに耽《ふけ》っていた少女は、背後からそう呼びかけられた。

振り返れば血相を変えて駆け寄ってくる高齢男性の姿がある。

彼はここアッカルド神殿における最高責任者であるラグラス神官長だ。

「ああ、レイティア司教様、誠に申し訳ありませぬ……!! なにやら神官の一人が貴女《あなた》様の前でひどい醜態《しゅうたい》を晒《さら》したと伺《うかが》い、急ぎ駆けつけてまいりました。どうやらその馬鹿者、なぜか司教様のことを新米の神官長代理と勘違いしていたらしく……!」

ラグラス神官長は、こちらの機嫌を損《そこ》ねてしまったのではないかと不安がっている様子だ。

それも当然のことだった。

神官たちの階級は上から順に、大司教、司教、教区長、神官長、神官長代理、神官となっている。

司教である少女は神官長より立場が上なだけではなく、神官長を更迭《こうてつ》する権限も与えられている。

ラグラス神官長が少女の不興《ふきょう》を買ったのではないかと案じ、過度に謙《へりくだ》った態度で接してきたのもそういったことを恐れてのことだろう。

正直なところ、ずっと年上の老人からこのように扱われるのはいつまで経《た》っても慣れない。

しかし少女がどう感じようが、聖職者の世界では階級がすべてなのである。

とはいえ彼女は権力を笠《かさ》に着て、横暴な振る舞いをするような人間ではなかった。

「ラグラス神官長、どうか落ち着いてください。先ほどの神官は、金銭によって買収され、偽《にせ》の鑑定結果を下したため、私の権限で以《もっ》て神官の資格を剥奪《はくだつ》いたしました」

「んなっ!?」

「それからその者が私を神官長代理だと勘違いしていたという件のほうは、私が自《みずか》らの立場を偽《いつわ》ったからなので、お気になさらないでください」

「……!?　なぜそのような……?」

「不自然ではない方法で、ある方に近づきたかったのです」

ラグラス神官長はぽかんとした顔で首を傾《かし》げている。

本来、司教が田舎《いなか》町の神殿を訪れることなどありえない。

もし本当の身分を名乗っていたら、彼——ディオ・ブライスも、きっとこの出会いが偶然などではないと気づいてしまったはずだ。

それは少女にとって、あまり望ましい状況ではなかった。

「……あの方が運命に選ばれし者に値《あたい》するのかどうか、まずは見極めなければいけないのです」

独り言のようにそう呟くと、少女は微かな笑みを浮かべた。

五話

屋敷に帰ってきた俺は呼び鈴を鳴らした。

ところがいつもならすぐ姿を見せるメイドのエマが、なぜかなかなか現れない。

万が一俺が帰った場合、家に入れぬようアダムに命じられたのか？

いや、いくらあのアダムとはいえ、そんなその場凌《しの》ぎをしたって意味がないことぐらいわかるはずだ。

最悪、鍵を壊して中へ入ればいい。

そんなことを考えつつ、再度呼び鈴を鳴らそうとしたとき——。

「……え？」

扉が開いたのはいい。

しかしその陰から俯《うつむ》き気味に姿を見せたエマを見た瞬間、俺は目を見開かずにはいられなかった。

「エマ、どうしたんだ、その顔は……！」

エマの顔は二倍に近い大きさまで膨《ふく》れ上がり、面影《おもかげ》がすっかり消え失せている。

目の周りにできた痛々しい青痣《あおあざ》。

切れた唇。

瘡蓋《かさぶた》になりかけた生々しい傷痕《きずあと》。

何度も容赦なく殴りつけられでもしない限り、こんな状態にならないだろう。

「誰にやられた？」

俺の問いには答えることなく、エマは表情を歪《ゆが》めた。

「申し訳ありません、ディオ様……。必死に守ろうとしたのですが……ルーシーが……っ」

最後まで口にすることなく、エマが泣きだす。

ルーシーは俺の部屋に寝かされていた。

ふさふさだった毛はほとんど失われ、赤く爛《ただ》れた皮膚が剝《む》き出しになっている。

ひどい火傷《やけど》のせいだ。

体中エマが塗ってくれたらしき軟膏《なんこう》によって、てらてらと輝いている。

しかし熟れすぎた果実のような傷口は広範囲に渡っていて、治療の効果を期待できないことが嫌でも察せられた。

ルーシーの口からはだらりと長い舌が垂れ下がっている。

ハッハッハッという苦しげで小刻みな呼吸の合間に、痛みを堪《こら》えれているような悲痛な鳴き声が混ざる。

俺は震える息を吐き出し、拳を握りしめた。

エマから聞いた話が、頭の中で響き続けている。

俺を奈落の谷に突き落とした後。帰宅したアダムは真っ先に俺の私物である本を庭へと運びはじめたらしい。

それらの本は、魔獣について学ぶために必死で集めたものだ。

吝嗇家《りんしょくか》の義父は本代どころか小遣《こづか》いも一切与えてくれなかったので、俺は食堂での皿洗いや、牛乳配達などを掛け持ちして、必死で本代を稼がなければならなかった。

子供にも出来る仕事は驚くほど賃金が安かった。

しかしそれに反して勉学に使う本は稀覯本《きこうぼん》だったこともあり、古書でも相当値が張った。

昼夜問わず汗水垂らして働いた結果手に入れた本たちは、俺にとって大事な宝物だった。

そんな俺の本をアダムが燃やそうとした瞬間、ルーシーが襲いかかったのだという。

とても温厚なルーシーが人間に牙を剥いたことなど、これまで一度だってない。

ルーシーはわかっていたのだ。

アダムが燃やそうとしているものが、俺の宝物であると。

アダムは裾《すそ》に噛みつきながら唸《うな》るルーシーを殴り飛ばすと、そのまま容赦なく蹴りつけた。

老犬のルーシーは、ろくに抵抗もできないままぐったりしてしまった。

それでもアダムは残酷な仕打ちをやめなかった。

アダムの暴行からルーシーを守ろうとしたエマも同じように痛めつけられた。

そして最後に——。

アダムは動けないでいるルーシーの両手足を縛り上げると、その体に火を放ったのだった。

◇◇◇

「ルーシー……」

（あの人が名前を呼んでいる）

ルーシーは最後の力を振り絞って、必死に瞼《まぶた》を開けた。

ぼやけた視界の中に、大好きな飼い主の泣きだしそうな顔が映る。

しかしルーシーにできることはそれがすべてだった。

鼻面《はなづら》を上げて、首元に顔を埋《うず》めたいのにもう叶《かな》わない。

口を開けて笑いかけたいのにそれもできない。

幸せだったということをどうしても最後に伝えたいのに。

けれど大好きな人は、わかっているよというようにルーシーの前足にそっと触れてくれた。

火傷だらけの体を抱きしめてあげられないと言って、彼はぽたぽたと涙を零《こぼ》した。

家族からどんな理不尽な目に遭《あ》わされても決して泣くことのなかった彼が初めて見せた涙だ。

最後に彼の顔が見たくて待っていた。

だから本当は心残りなんてないはずなのに。

それでもルーシーは思わずにはいられなかった。

彼の頬に伝い落ちる大粒の涙を舐《な》め取ってあげたいと。

鼓動が弱まっていくのを感じる。

もう何も見えない。

すべてが消えてなくなるその瞬間まで、唯一残ったものは、自分の名前を呼び続けてくれる彼の声だった――。

六話

AKUJIKI NO SAIKYOU MAJU TSUKAI

冷たい怒りを抱《かか》えながら応接室に続く廊下を歩いていく。

薄く開いた扉の向こうから、義父とアダムの笑い声が聞こえてくる。

「あの無能を奈落の谷に捨ててきたとは。おまえにしてはよくやったな、アダム」

「そう言ってもらえると思ってましたよ、義父《とう》さん」

「ディオを追放したはいいが、あいつが行く先々で家名を傷つけたりしないか案じていたのだ。死んでくれたのなら、そんな心配もせずに済む」

「ええ、そのとおりです。役立たずが消えて一安心ですよ」

「我がブライス家の繁栄に貢献できぬような者は生きている価値がないからな。おまえも、今後は心を入れ替えて励めよ」

「もちろん、そのつもりです。——それで、さっそくなのですが、いつ私に家督《かとく》を継がせてくれるのでしょうか?」

「それはおまえの努力次第だな。だが、ディオがいなくなった今、跡取りはおまえしかいないからな。これまでとは違って、前向きに考えておいてやる」

「ありがとうございます。無能が消えたおかげで、私たち親子は上手《うま》くやっていけそうですね」

「ふははは！　役立たずが唯一役に立った部分だな」

「あはは！　義父さんの仰《おっしゃ》るとおりです」

扉の前で立ち聞きしている俺には気づかず、二人がゲラゲラと笑い声をあげる。

アダムだけでなく、義父も俺の死を望んでいたわけか……。

俺が死んだと思い込んで大喜びをしている姿を見ていたら、静かな怒りが湧き上がってきた。

これまでどんなことを言われようと、どんな理不尽な目に遭《あ》おうとも、拾ってもらった身なので仕方ないと我慢してきた。

でもあの二人は、俺が死んだと思って喜ぶような奴らだったのだ。

こいつらに義理を感じる必要はもうない。

そう決めて、勢いよく扉を開く。

その音を聞いて、二人はビクッと肩を揺らした。

「ディオ!?　な、おまえ……なんで生きてる……!?」

驚愕《きょうがく》のあまり目を見開いたアダムが叫びながら立ち上がる。

義父のほうは話が違うというような顔つきで、アダムのことを睨《にら》みつけている。

「おい、アダム！　奈落の谷に突き落としてきたんじゃなかったのか……!?」

「落としましたよ!!　ちゃんと落下していくところまで見届けたんですから!!　ハッ……！

まさか幽霊……!?」

「馬鹿もん！　しっかり足が生えているではないか！」

「……た、たしかに。でも、だったらなぜ……」

アダムが困惑《こんわく》した顔でこちらを見てくる。

俺は冷ややかに見つめ返しながら、静かな声で尋《たず》ねた。

「義兄《にい》さん、あなたがルーシーを傷つけたというのは事実ですか？」

「ルーシー？　ああ、あの雑種のことか」

アダムはそんなどうでもいいことをという顔をした後、考えを改めたかのようにほくそ笑んだ。

「そうか。あの雑種が俺に痛めつけられてショックだったんだな？　ぷっ。ざまぁみろ。俺はずっと小汚い野良犬がうちの屋敷にいることが不快で仕方なかったんだよ。誰にでも尻尾を振って媚《こ》びてる姿なんて、見るたび虫唾《むしず》が走ったね。ああ、でもな、さすがに俺が火をつけてやったときは、あの駄犬、怯《おび》えきった眼をして尻尾を丸めていたぜ。あの姿は傑作——ぶぼぉッッ!?」

事実確認ができれば十分だったので、アダムの長ったらしい話が終わる前に殴り飛ばしてやった。

「……ッッッ!!」

半泣きになったアダムは、わけがわからないという表情を浮かべたまま、床に倒れ込んでいる。

俺が報復に出ることなんて、頭の片隅にもなかったのだろう。

それは義父のほうも同じだ。

あんぐりと口を開けたまま固まっていた義父は、ハッとしたように我に返った。

「おい、ディオ、貴様！　そのふてぶてしい態度はどういうつもりだ！　そもそもおまえは勘当された身！　加護なし役立たずのくせに、どの面《つら》を下げてこの家に戻ってきた！　この死に損《ぞこ》ないがッ!!」

「そうですね。俺はこのとおりお二人のご期待に反して生きています。残念でしたね」

軽蔑しきった眼差《まなざ》しを義父に向ける。

「なんだその目は！　それが義父《ちち》に向けるものか!?」

「あなたのことを義父《ちち》だと思うのはやめました」

「んなんだとぉう!?」

「でもその話は一旦置いておきます。先に義兄さんとの問題に決着をつけさせてください」

俺が矛先《ほこさき》を向けると、アダムは露骨にうろたえて視線を彷徨《さまよ》わせた。

顔からは、冷や汗がダラダラと垂れている。

俺が戻ってきたことで、自分の陰謀が失敗に終わったことを悟ったのだろう。

アダムは相当焦《あせ》っていて、その動揺がこれでもかというぐらい伝わってきた。

——ご主人様、どうやらこの者にはお仕置きが必要のようですな。

頭の中でイエティの声がする。

——イエティ、目を覚ましたのか。

——どうやらご主人様が氷の力を欲《ほっ》せられると、それを感じ取れるようでございます。さあ、この者を凍《こご》える氷で折檻《せっかん》してやりましょう。

——ああ。こいつは痛い目を見るべきだな。

俺を谷に突き落とし、亡き者にしようとしたアダム。

まずはこのアダムの罪を追及させてもらおう。

◇◇◇

「さっき義父さんが『加護なし役立たずのくせにどの面を下げてこの家に戻ってきた』と言いましたが、俺は加護なしではないです。なぜそんな判断が下されたのか、義兄さんなら理由を知っています。ね、義兄さん」

「な、なんのことだ」

「神官をお金で買収して、偽《にせ》の鑑定結果を伝えさせたんですよね。俺を崖に突き落とすときに、自分で言っていたじゃないですか」

「な、なんだ。俺を嵌《は》めようとして作り話を考えてきたのか。義父さん、こいつは役立たずなうえ、ひどい嘘つきですよ！　追放されたくないからって、俺を悪者に仕立て上げるとは、最低な奴だな！　そもそもこいつの加護が覚醒していないのが、こいつが嘘をついているという何よりの証拠に――」

「氷魔法、発動」

アダムの顔の真横すれすれを狙って、鋭く尖《とが》った氷の刃《やいば》を放つ。

「へ……？」

何度か瞬《まばた》きを繰り返したアダムが、ゆっくりと背後を振り返る。

壁際《かべぎわ》に立っていた彫像が木っ端微塵《こっぱみじん》になっているのを見たアダムは、ごくりと喉《のど》を鳴らした。

「あと五ミリずれていたら、義兄さんがああなっていましたね」

「……な……ななな……っ」

「加護はこのとおり使えるようになりました。義兄さんが奈落の谷に突き落としてくれたおかげで、命の危険に晒《さら》されて、加護が覚醒したんです」

「……そんなまさか……。い、いや、百歩譲って加護を使えるようになったとしても、それはあの神官が鑑定に失敗したというだけの話……!!　俺が買収したなんて根も葉もない作り話だ!!」

「義兄さんと組んだ神官の罪は、神官長代理によってすべて暴かれました。その結果、神官長代理から神殿を出ていくよう命じられていましたけど、まだ荷物をまとめている最中でしょう。呼んできますか?」

「……っ」

「な、なんと……。ディオ、おまえ、氷魔法を使える加護持ちだったのか!?」

まだ放心状態のアダムを押しのけて、義父が俺に近づいてくる。

「でかした!　でかしたぞ!!!」

うれしそうに肩を叩いてくる。

その手を摑んで、静かにどけると、義父の表情がわずかに強張《こわば》った。

気まずさをごまかすように義父は咳払《せきばら》いをして、アダムを振り返った。

「アダム、自分がなんてことをしでかしたのか理解しているのか!? 無能の役立たずはおまえのほうではないか!! 挙げ句の果てに神官を買収するとは……! 家名に泥を塗りおって!!」

アダムはさすがにこれ以上言い逃れができないと開き直ったらしい。

「……くそっ。しかしあの程度の氷魔法だったら、俺の火魔法のほうが強いはず……! 義父さん、どちらが跡取りにふさわしいかこれで判断してくださいよ！」

アダムが詠唱をはじめたのを見て、義父が目を見開く。

「馬鹿、おまえ、屋敷の中で何を――!?」

焦る義父の声を完全に無視して、アダムは詠唱を続けた。

「ディオおおお!!! おまえより長男の俺のほうが優秀に決まってるんだ!! これでも食らええええええ！！！！！」

絶叫しながら、アダムが火魔法を放つ。

やれやれ。

「哀《あわ》れだな、義兄さん」

俺は片手を掲《かか》げ、氷魔法を発動させた。

力の差は歴然だ。

アダム渾身《こんしん》の火魔法は、俺が軽々と放った氷魔法に飲み込まれ、一瞬で消滅した。

反動で吹っ飛ばされたアダムが壁に激突して倒れ込む。

アダムは無様に転がったまま、痛みで呻《うめ》きながら視線を上げた。

「……そ、そんな……おまえごときがどうしてこんな強力な氷魔法を使える……!?」

「俺が加護なしでないことは実証できましたが、まだ自分のほうが正しいと主張されますか？　義兄さんがまだ戦いたいというのなら、しっかり決着をつけるんでも構いませんが」

「ひいっ……！　わかった!!　俺が悪かった!!　おまえを嵌めたことは認めるから、勘弁してくれ……！！！！」

「そうですか。じゃあ、今すぐこの家から出ていってください」

「なっ！？！！　家を追い出されて生きていけるわけがない……!!　おまえを殺そうとしたことは謝るから許してくれっっっ!!!」

「氷魔法の吹雪《ふぶき》で家の外まで吹き飛ばされるのと、自分の意思で荷物をまとめて出ていくのとどっちがいいですか？」

「どっちも最悪じゃないかあああああ！」

アダムが床に頽《くずお》れて泣きだしたとき――。

――パン、パン、パン。

わざとらしい拍手の音を聞いて振り返ると、義父が満面の笑みを浮かべていた。

「ふははは！　ディオ、よくやった!!　こんなに強力な氷魔法を使えるとは！　これで文句なくおまえを嫡男《ちゃくなん》にしてやれる！　――何をしているアダム。目障《めざわ》りだ。ディオに言われたとおりさっさとこの家から出ていけ！」

「出ていくのはあなたもですよ、義父さん」

「は？」

「ただ、出ていく前に家督《かとく》相続の手続きをしていってください。冒険者ギルドで魔獣使いの登録を行う際に、後見人の許可証か当主証明書が必要なんです」

「わ、わかった!!　何十枚だって後見人許可証を書こう!!」

「いえ、後見人の許可証は必要ありません。俺が当主になってしまったほうが、今後手続きがあるたび面倒な思いをしなくて済みますし。ということで、今すぐ俺に当主の座を譲るという書類を用意してください」

「わかった！　すぐに書く！　しかし、別に家から出ていく必要などないだろう!?　一切おまえのやることにケチはつけないと約束する！　だから儂《わし》の老後の面倒を見てくれ……！」

そう言って、義父が泣きながら足に縋《すが》りついてくる。

「なんの罪もない老いた義父《ちち》に優しくしても罰は当たるまい……！　なあ、ディオよぉおお」

「義父《とう》さんは俺が死んだと勘違いして、大喜びしていたじゃないですか」

義父は必死な形相《ぎょうそう》で、ぶんぶんと頭を振った。

「そ、それはおまえのことを加護も持たない出来損《できそこ》ないの息子だと勘違いしていたからだ！今はなによりおまえが一番大切なのだよ⁉　わかってくれるだろう⁉」

「ずいぶん都合がいいんですね」

「そんな意地悪を言わないでくれ。な？　な⁉」

「荷物をまとめるのに一時間もあれば十分でしょう。それ以上は待ちません」

「……っ。出ていけと言われても聞くものか！！！　この屋敷と家名だけが私の心のよりどころなのだ!!!　何があっても手放すものかあああ」

涙と唾《つば》と鼻水をまき散らしながら、義父が絶叫する。

ひどい醜態《しゅうたい》を晒《さら》してもなお、この家にしがみついていたいようだ。

「わかりました。それなら――」

俺は今いる応接室の窓際《まどぎわ》から、屋敷の中心部分に向かって攻撃魔法を放った。

応接室の一部を残し、屋敷は一瞬で倒壊し、瓦礫《がれき》の山が出来上がった。

「これで何の未練もなく出ていけますね」

そう言って振り返る。

そこには、一瞬で髪が真っ白になってしまった義父の姿があった。

目の前で屋敷を吹き飛ばした結果、義父は腰砕けになり、身勝手な言い分を並べ立てて抵抗することもなくなった。

おかげで家督相続の手続きは、滞《とどこお》りなく行うことができた。

戦闘が終わったことを感じ取ったイエティは、再び眠りの淵《ふち》へと落ちていった。

もともとイエティはよく眠る種族だ。

悪喰《あくじき》による影響で睡眠障害が起きていたらと思って一応確認してみたが、イエティ自身からも通常となんら変わらないと聞けたのでホッとした。

◇◇◇

さて、義父の話に戻そう。

あの後さっそく相続の手続きを行わせてみると、ブライス家には蓄財などまったくないことが判明した。

どうやらもうずっと前から、ブライス家の財産と呼べるものは屋敷と土地しかなかったようだ。

その屋敷も俺が吹っ飛ばしたしな。

魂の抜けた義父によると、屋敷の体裁《ていさい》を維持するために義理の祖父が残してくれていた財産を使い果たしてしまったらしい。

それを知ったアダムは、再び大騒ぎをして義父を責め立てた。

もともとブライス家の財産には興味がなかったので、俺にとってはどうでもいい問題だ。

「手続きはすべて終わったので、二人ともこの土地から出ていってください」

「……」

「……」

義父もアダムも黙り込んだまま、動こうとしない。

「動かないのなら、屋敷と同じように二人のことも吹き飛ばしますよ？」

「ひっ……！」

「で、出ていく!! 出ていくからあ!!」

尻尾を巻いて逃げていく間も、二人は醜い言い争いを繰り広げていた。

「ちょっと義父《とう》さん、ついてこないでくださいよ！ あなたと一緒に行動するつもりはありませんよ!!」

「何を言っている！ 義父《ちち》の面倒を見るのは長男の責務だろうが!!」

「冗談じゃない！ 役立たずな老害なんてお荷物なだけです」

「私が一人で生きていけるわけがないだろう!?」

「だったら死ねばいいじゃないですか!!」

「親に向かってなんてことを言う！　この!!!」

「痛っ……!?　子供に手を挙げるなんて親のすることですか!!　このこの!!」

「痛い!!　痛い!!　老人虐待だ!!!」

情けない罵《ののし》り合いは、二人の背中が完全に見えなくなるまで聞こえ続けた。

◇◇◇

義父から剝奪した当主証明書によって、俺の持ち物となったブライス家の土地。

そのもっとも見晴らしのいい場所に、ルーシーは埋葬した。

「守ってあげられなくてごめん……」

ルーシーの墓の上に花を供《そな》えた俺は、その場に跪《ひざまず》いたまま、何度目かわからない謝罪の言葉を口にした。

ルーシーのような犠牲者を出さないためにも、あの二人のような人間を見つけたら今後は決して容赦しない。

時には残酷な決断をしなければならない場面も出てくるだろう。

上等だ。

人間の身勝手によって虐《しいた》げられる魔獣を守るためには、心も体も強くならなくてはいけないのだから。

心を殺してやり過ごすだけの、情けない男は卒業だ。

——そのままどれくらい時間が経《た》っただろう。

「ご主人様……」

そっとしておいてくれたイエティが、気遣《きづか》うように声をかけてきた。

そうだ。今の俺は独りではなかった。

悲しみに暮れている姿をいつまでも晒していたら、イエティに心配をかけてしまう。

「ごめん、イエティ。そろそろ出発するよ。——ルーシー。どうか安らかに」

ルーシーの墓石をそっとさすって立ち上がる。

彼女に誓った決意を胸に抱いたまま、俺は育った町ダフォードから旅立ったのだった。

八話

AKUJIKI NO SAIKYOU MAJU TSUKAI

冒険者の登録申請はギルドでなければ行えない。

ダフォードからギルドのある港湾都市ギャレットまでは、徒歩で一日半かかる。

その臭《にお》いが不意に鼻をついたのは、ダフォードを出発して半日が経《た》った頃。アダムから突き落とされた奈落の谷の周辺を歩いていたときのことだ。

「この臭いって……」

熟れた果実が放つ腐敗臭《しゅう》とよく似た毒々しい臭気。

甘ったるいのに、どことなく死の気配を孕《はら》んだそれは――。

「間違いない」

不死化の病《やまい》にかかっていた際、イエティが放っていたのと同種のものだ。

――ご主人様、お気づきになられましたか？

不意にイエティが問いかけてきた。

——ああ、イエティ。起きたか。

——ええ、この臭いの中では、落ち着いて眠ってなどいられません。

——不死化してしまった魔獣が近くにいるんだろう?

——そのようでございます。

場所柄から考えて、奈落の谷で発生した病に感染した個体の可能性が高そうだ。

臭いを辿《たど》り、森の中をずんずん進んでいく。

やがて傾斜のきつい斜面の途中に、ぽっかりと口を開けている洞窟の入り口を発見した。

そこまで斜面を滑り降りる。

岩肌に手をついて中を覗《のぞ》き込む。

内側から流れてくる湿った空気には、間違いなくあの臭いが混ざっている。

——この入り口はご主人様と出会った洞窟と、地底の中で繋がっているのです。この臭いを放っている魔獣は、わたくしを感染させた個体かもしれません。

——たしか背後から襲われたから、相手の姿は見ていないんだよな。

——ええ、残念ながら。しかしある程度絞り込みは可能でございます。この地下洞窟の中で、わたくしの背後を難なく取れる魔獣は二体しかおりません。不死化の影響で攻撃力が上がろうとも、この点に関しては断言できます。

――その二体というのは？

――フレスヴェルグとフェンリルでございます。

フレスヴェルグというのは、鷲《わし》に似た見た目の巨大な鳥類型魔獣だ。

鋭い嘴《くちばし》を持ち、獲物をぱくりとひと飲みにしてしまう姿から、死体を飲み込む鳥とも呼ばれる。

非常に凶暴で、危険度はＳランク。

フェンリルというのは狼に酷似《こくじ》した姿の獣型魔獣で、危険度はフレスヴェルグを上回るＳＳランクに該当《がいとう》する。

――……Ｓランクのフレスヴェルグと、ＳＳランクのフェンリルか。

この闇の先に潜《ひそ》むとんでもない強敵の存在を前に、思わず笑ってしまう。

――まあでもそれはそうだよな。

Ａランクのイエティの背後を取れるほど強い魔獣なのだ。

最強クラスの名前が出てきたって当然の話だ。

――不死化しているのがフレスヴェルグのほうなら、まだましなんだけどな……。

フレスヴェルグは風属性の魔獣で、イエティの氷属性を弱点としている。

倒すのが目的ではなく、隙《すき》を突いて加護を発動させることだけを考えれば、立ち回り次第では突破口を見いだせるかもしれない。

問題はSSランクのフェンリルのほうだ。

AランクとSSランクの間には歴然とした力の差がある。

しかも属性面での相性も悪い。

イエティから得た能力がなんら通用しないとなると、丸腰で戦場に突っ込んでいくのと変わりない状態になってしまう。

先手必勝で加護を発動させられなければ、あとはもう無抵抗に殺されるのみだろう。

イエティの時は運良く加護を発動させることができたが、あんな偶然が二度も起こるわけがない。

——ご主人様、僭越《せんえつ》ながらすぐこの場を離れられたほうがよいかと……。不死化の魔獣は光を嫌がるため洞窟の外へ出てくることはないかとは思いますが、それでも用心するに越したことはありません。

——不死化の魔獣をなんとかすると宣言した舌の根も乾かないうちに、尻尾を巻いて逃げ出すわけにはいかないだろう。

——なっ⁉　何を仰《おつしや》います、ご主人様！　今回は相手が悪すぎます……！

それはもちろん俺もわかっている。

──不死化しているのがフレスヴェルグなら、加護で救えないか試してみるつもりだ。ただしフェンリルのほうが病に感染していた場合は、一旦諦《あきら》めざるを得ないと思ってる。ごめん、イエティ。俺が弱いばかりに、君の仲間を苦しみから救ってやるって断言できなくて。

──ご主人様……。あなたは優しすぎます……。

──ありがとう、イエティ。そう言ってくれる君のためにも、引き下がるなんて選択をしないで済むぐらい強くならないとな。

魔獣を救いたいからこそ、自分の信念に酔って、暴走するわけにはいかない。

大志を抱いたところで、無駄死にしたらそれまでなのだ。

魔獣を救えないまま、いいことをしたつもりになって死ぬなんてのは、単なる自己満足でしかない。

──ひとまずどちらの魔獣が病に感染しているのか、確かめに行こう。

◇◇◇

薄暗い洞窟は、アダムに突き落とされた谷底と同じように、青白く光る岩でできている。

不気味なくらい静かで、生き物の気配は皆無《かいむ》だ。

不死化した魔獣によって、他の魔獣たちは皆、狩られ尽くしてしまったのだろう。

内部は迷路のようになっていて、数えきれないほどの分かれ道が続いた。

そのたびナイフで岩肌に傷をつけて目印としたが、それでも同じところをぐるぐると回らされた。

時間の感覚は麻痺《まひ》して、今が何時なのかもわからない。

本来、迷宮型ダンジョンや地下洞窟を探索する際には、地図職人のスキル持ちが案内役として欠かせない。

このまま迷い続けていたら、最悪、不死化した魔獣の正体を知ることもなく、出直すことになりかねない。

自分に足りない部分を再び強く感じたときだった。

不意に行く手から複数匹の魔獣の唸《うな》り声が聞こえてきた。

数秒遅れて衝撃音のようなものが響き、地面が微《かす》かに揺れる。

——魔獣同士が戦っているのか?

——恐らくは。それに片方の魔獣の唸り声、あれはわたくしと同じ奇病に侵《おか》されている証《あかし》でございましょう。

奇病に侵されたことで受ける苦しみは、死を願うほどのものだとイエティが言っていた。

できることならその苦しみの中から、救い出してやりたい。

息を潜め、警戒しつつ進んでいく。

衝撃音はずっと続いている。

地面の揺れで転倒しないよう壁に手を這《は》わせながら、道を折れた直後――。

「……！」

開けた場所で、羽を持つ魔獣と、鋭い牙を剝《む》き出しにした獣形の魔獣が対峙《たいじ》している。

二頭とも見上げるほど巨大だ。

片方はフレスヴェルグで間違いないが――。

俺は顔を顰《しか》めずにはいられなかった。

獣形のほうは毛がごっそりと抜け落ち、皮膚が剝き出しになっている。

その皮膚はドロドロとした膿《うみ》と、感染によって開いた無数の穴によって埋め尽くされていた。

巨大な口からは臭気《しゅうき》を放つ涎《よだれ》がぽたぽたと零《こぼ》れ落ちている。

涎が垂れた場所からは、じゅわっと音を立てて、嫌な臭いの煙が上がった。

大きくて巨大な耳はほとんど取れかけていて、伸びきった皮膚一枚でかろうじてぶら下がっている状態だ。

目玉はとうに溶け落ちてしまったのか、両目ともがらんどうになっている。

ぽっかりと開いた眼窩《がんか》から、血の涙が絶え間なく流れていた。

消去法で判断する限り、恐らくあれがフェンリルなのだろう。

そんなふうに見た目では判別できないほど、不死化の病によって、フェンリルの外見は変わり果てていた。

輝く毛並みと立派な耳を、フェンリルたちは誇りにしていると思われている。

不死化の病によってその両方を奪われてしまったフェンリルの悲痛な鳴き声は、俺の心を苦しくさせた。

そのうえ残念ながらフレスヴェルグの胸元には、フェンリルに嚙みつかれたらしき深い傷ができている。

傷口からはフェンリルの体から滴《したた》り落ちているのと同じ、強烈な臭いを放つ液体が溢《あふ》れていた。

不死化した魔獣に嚙みつかれることが感染の原因になるのだと、イエティが言っていたのを思い出す。

となるとフレスヴェルグのほうも、発症を免《まぬか》れないのだ。

フレスヴェルグとフェンリル、二頭が牽制《けんせい》し合う時間は、わずか数秒で終わった。

先に動いたのはフェンリルだ。

フェンリルの鋭い爪が、フレスヴェルグの胸の肉を抉《えぐ》る。

フレスヴェルグは痛みのために叫び声をあげたが、急所からは微かに外れていたようだ。

しかしフェンリルの攻撃はそれだけでは終わらなかった。

すぐさま体勢を立て直すと、フレスヴェルグの喉元《のどもと》に噛みついた。

どれほどフレスヴェルグが藻掻《もが》こうと、フェンリルは食らいついたまま放さない。

フレスヴェルグの体がまったく動かなくなるまで、そう時間はかからなかった。

フェンリルは興味をなくした玩具《おもちゃ》を捨てるように、フレスヴェルグを投げ飛ばした。

フレスヴェルグの死をもって、二頭の争いは終わりを迎えたのだった。

――ご主人様、フェンリルはまだこちらの存在に気づいておりません。あの者が顔を背《そむ》けた隙を見て、お逃げになってください……！

不死化しているのがフレスヴェルグではなくフェンリルだった以上、今の俺にできることはなくなった。

ちょうどそのタイミングで、フェンリルが何かに気を取られたらしく、岩のほうに顔を向けた。

と思いきや、唐突にフェンリルが頭部や胴体を岩壁にぶつけて、もんどりを打ちはじめた。

――どうやら不死化の病による痛みが襲っているようです。

どれほどの苦痛に襲われているのか、想像に難《かた》くなかった。

――……ご主人様、今のうちに。

あんなにも苦しんでいる魔獣を見捨てて逃げることしかできないなんて。

「……」

イエティの言うとおり引き返すしかないのはわかっている。

悔しさから拳を握りしめたそのとき、不意にか細い鳴き声が俺の耳に届いた。

「みゅうー……」

幼い生き物の頼りなげな声だ。

視線を動かし、声の出所を探す。

岩の陰から小さな仔フェンリルが、遠慮がちに顔を覗かせている。

不死化のフェンリルが岩のほうを気にした理由がわかった。

病に蝕《むしば》まれた成獣のフェンリルと、あの仔フェンリル。

フェンリルはかなり珍しい個体なうえ、狼とは違って群れを成さないので、二体が偶然居合わせた可能性は低い。

……親子か。

――なあ、イエティ。不死化していても、自分の子供を認識できると思うか？

そうであってほしいと願いながら尋《たず》ねる。

――残念ながら、それはかなり難しいかと存じます。私が不死化していたときは、痛みと憎しみに飲み込まれ、完全に自我を失っておりました。恐らくはあのフェンリルも……。

イエティが居たたまれないというように言葉を飲み込む。

その直後、イエティの説明を証明するかのように、親と思《おぼ》しきフェンリルが仔フェンリルに向かって低い唸り声を上げた。

ころっころの仔フェンリルと、成獣のフェンリルの体格差は五倍をくだらない。

片手でなぎ払われただけでも、仔フェンリルはひとたまりもないだろう。

待てよ。

だったらなぜまだ殺されずに済んでいる？

そんな違和感を覚えたとき――。

呪われた咆哮《ほうこう》を上げた不死化のフェンリルが、地面を蹴って仔フェンリルの前に躍《おど》り出た。

あまりの速さに、息を呑む間もない。

――ああ……。

親が子を殺《あや》めるところなど見たくないというように、イエティが呻《うめ》く。

ところが不死化のフェンリルは、仔フェンリルに襲いかかる代わりに、自分の前足に勢いよくかぶりついた。

容赦なく牙を立てられた前足から、鮮血が噴き出す。

最初は何が起こっているのかわからなかった。

しかし仔フェンリルに襲いかかろうとしては、すんでのところで自傷行為に出る不死化のフェンリルを見ているうちに察しがついた。

不死化のフェンリルは、仔フェンリルを傷つけたくないのだ。

泡を吹き、蛆《うじ》に蝕まれ、苦しみに襲われながらも、病によって芽生えた攻撃の衝動に必死で抗《あらが》っている。

理性で耐えているのではない。

そうさせているものは、親の愛情だ。

愛情を向けられているから、仔フェンリルも親のもとから離れられないのだろう。

それによく見ると、仔フェンリルは後ろ足を負傷している。

フレスヴェルグが胸元に負った怪我とは違って、腐敗した液体のような膿が出ていないので、不死化のフェンリルに噛まれてできた傷ではなさそうだが。あの足では、逃げ出すことは不可能だろう。

とはいえ不死化のフェンリルの自制心がいつまでもつかはわからない。

その証拠に、仔フェンリルに向かって唸り声を上げる顔つきが、先ほどよりも凶悪なものに変化している。

このままの状況が続けば、あの仔フェンリルも命を奪われるか、不死化させられてしまうだろう。

――イエティ、ここで俺が出ていって、仔フェンリルを救い出すまでの間、あの親フェンリルは自制心を保てると思うか？

――なっ⁉　それは危険すぎます……！

俺はフレスヴェルグの死体に、ちらっと視線を向けた。

不死化の病の影響なのか、フレスヴェルグの死体は、不自然なスピードで腐敗が進行しつつある。

――あのフェンリルは親の本能のようなもので、辛《かろ》うじて耐えているような状態です。ご主人様が我が子を助けるために手を差し伸べてくれたことなど理解せず、即座に襲いかかってくるでしょう。

――俺も同感だ。だったらやっぱり残された道は一つしかないな。

――……ご主人様？　いったい何を……。

俺の声音から何かを感じ取ったらしく、イエティが慌《あわ》てた声で言う。

時間が惜しかった俺は答える間もなく、悪喰《あくじき》を発動させようとした。

しかし耳のいいフェンリルは、衣擦《きぬず》れの音に気づいたのか、ぐるんと体を反転させた。

そのまま地面を蹴って、飛びかかってくる。

間一髪避けることができたが、即座に次の攻撃が飛んでくる。

逃げるだけで精一杯で、加護を発動させている余裕などない。

その合間にも不死化の苦痛がフェンリルを襲ったが、苦しんでいるときほどがむしゃらに暴れるので、通常時以上にこちらにとっては危険な存在となった。

あれでは加護の魔法が届く距離まで近づくことなど不可能だ。

それに悪喰を発動させている間、こちらは防御できないので無防備になってしまう。

悪喰がとんでもない強力な加護であることは間違いない。

しかし発動させる相手が弱っているか、隙を見せない限り、成功率はかなり低い。

使用する状況を見極めなければいけない、癖《くせ》のある加護だと思っていたほうがよさそうだ。

「隙と言ってもな……」

フェンリルの動きはとにかく速すぎる。

こちらはぎりぎり紙一重《かみひとえ》で避けているような状況だ。

まずいな……。

そう思った直後、腹部に強烈な衝撃があり、俺は吹っ飛ばされた。

噛みつかれないようにすることだけを警戒して動いていたため、前足による攻撃をかわしきれなかったのだ。

まあ、当然だ。

フェンリルの速度に人間がついていけるわけがない。

そんなことは最初からわかっていた。

隙を待っていたらやられるのは目に見えていた。

——ああ、ご主人様……！　なんて無茶な！

俺がひどく絶望的な状況に置かれたように思えたのか、イエティが嘆《なげ》きの声を漏《も》らす。

恐らくイエティは、仔フェンリルを助けたい一心で、俺が衝動的に行動を起こしたと思っているのだろう。

命を懸《か》けることで仔フェンリルを救えるというのならまだしも、この状況下で考えなしに動いたりしたら、無駄死にするだけだ。

——安心しろ、イエティ。無策なわけじゃない。

そう伝えながら、右手を前に出す。

「加護を発動させる隙がないなら、作るしかないからな」

苦しんでいるフェンリルから距離を取った俺は、改めて悪喰を発動させた。

イエティのときと同じで、今まで感じたことのない強烈な飢餓感に襲われる。

それとともにあの白く輝く光の蛇が、俺の腕から飛び出した。

標的はフェンリルではない。

光の蛇は高速でうねりながら、勢いよく飛びかかっていった。

フレスヴェルグの死骸に向かって――。

光り輝く蛇の口は、際限なく広がるらしい。

俺の悪喰は、あーんと大口を開けると、今回も一瞬で巨大なフレスヴェルグの体を吸い込んでしまった。

「……っ」

悪喰がフレスヴェルグを飲み込んだ途端、猛烈な勢いで頭の中に知識が流れ込んできた。

体の中から新たな力が湧き上がってくる感覚も含めて、すべてイエティを取り込んだときと同じだ。

悪喰による取り込みが成功したと思っていいだろう。

見れば手首の黒い痣《あざ》が前よりも大きくなっている。

英雄オレアンが飲み込まれた黒い闇と、この黒い痣の間に関連がないとは思えない。

悪喰を使うことによって何らかのリスクがもたらされる可能性は高い。

しかもそれは英雄の命すら奪った闇の力だ。

それを承知したうえでも、俺は悪喰を発動させて仔フェンリルを助けたいと考えたのだった。

「フレスヴェルグの所持している能力は、〈風魔法〉〈飛翔魔法〉〈睡眠耐性〉の三つだったな」

魔獣使いを目指す過程で、発見済みの全魔獣に関する知識は頭の中に叩き込んである。

ちなみにイエティは氷属性の〈氷魔法〉〈幻惑耐性〉持ちの魔獣だ。

氷属性のイエティは土属性のフェンリルに対して相性が悪い。

だがフレスヴェルグの風属性は、土属性に対して相性がいいのだ。

不死化の苦しみが落ち着いたのか、牙を剥いたフェンリルが再び攻撃をしかけてくる。

俺はさっそく風魔法を発動させ、反撃に出た。

飛びかかってこようとしたフェンリルが、俺の風魔法にはじき飛ばされ、土煙を上げながら地面に転倒する。

イエティの氷魔法と要領は同じなので、今回は初手からスムーズに使いこなすことができた。

やむを得ないとはいえ、攻撃魔法で魔獣を痛めつけるのは辛《つら》い。

とにかくできうる限り苦しめずに、不死化の病からも解放してやりたかった。

だがまだだ。

焦《あせ》るな。

タイミングを見極めるんだ。

土と風の力が絡《から》み合う。

激しい光を散らして、力と力が拮抗《きっこう》する。

暴れくるうフェンリルを、俺の放つ風の渦が追い回す。

少しずつフェンリルが後退していく。

——そして。

「よし、今だ」

強大な竜巻に搦《から》め捕《と》られて天井近くまで吹き飛ばされたフェンリルが、着地の体勢を取りながら落下してくる。

その巨大な体目掛けて、俺は悪喰を発動させた。

まだ消滅していない風と一つになった白い蛇が、フェンリルの周りをぐるぐると巡る。

悪喰がフェンリルを飲み込むため口を広げる。

そのとき、フェンリルが仔フェンリルを一瞬振り返った。

俺の立ち位置からでは、不死化のフェンリルがどんな表情をしていたのかはわからなかった。

◇◇◇

終わった。

そう思った直後、ぐらっと視界が傾いた。

体にまったく力が入らない。

これは魔力切れの感覚だ。

どうやら風魔法による攻撃と、二度にわたる加護の発動によって、魔力を使い果たしてしまったようだ。

魔力量を増大させるための訓練も続けてきたのだが、強力な攻撃はそれだけ魔力の消費量も多い。

あっという間に意識が朦朧《もうろう》としていき――。

◇◇◇

――……もし……。もしもーし……。

頭の中で聞いたことのない声がする。

優しくて、どことなくおっとりとした女性の声だ。

しかし俺のほうは体がひたすら重くて、返事すらできない。

夢うつつのような状態だし、指先一つ動かせそうになかった。

――……フェンリルか？

脳の中に問いかける。

――はい。先ほどお救いいただいたフェンリルです。

悪喰を使って吸収したことで、フェンリルもイエティと同じように、俺の中に魂が乗り移ったようだ。

――何が起こったのかは把握できていないのですが、あなたが私たち親子を救ってくださったことは理解しております。本当になんとお礼を言っていいのか……。

俺が予想したとおり、不死化のフェンリルと仔フェンリルは親子だったのだ。

不死化の病から救うため、加護を使って自分の内側にフェンリルを取り込んだこと、それによって彼女の体が消滅してしまったことを説明した。

こちらの一存で動いてしまって申し訳なかったと伝えると、母フェンリルは慌てながら謝らないでほしいと伝えてきた。

──私が我が子を手にかけずに済んだのも、あなたのおかげです。痛みと苦しみだけが生々しく、自《みずか》らの意思は深い場所に追いやられていたように思います。あのままでいたら、私は間違いなく我が子を殺めていたでしょう。

母フェンリルは不死化の病に感染してすぐ、自分が凶暴化していっていることに気づいたそうだ。

そのため即座に仔フェンリルから遠ざかった。

ところが一人きりになった仔フェンリルは、フレスヴェルグに襲われてしまった。

不死化の病で苦しんでいても、遠くから聞こえてきた我が子の悲痛な鳴き声を母フェンリルは聞き漏《も》らさなかった。

居ても立ってもいられず駆けつけ──。

そこからは俺が見たとおりだ。

──優しいお方……私はもうあの子の傍《そば》にはいられません……。どうかあの子のことを……よろし……く……お願いします……。

母フェンリルの声が途絶えがちになり、遠ざかっていく。

──召されるときが……近づいているようです……。

俺は驚かされた。

——待ってくれ。去ることはない。俺の中に留《とど》まり続けていいんだ。

最初に取り込んだイエティだってそうしていると伝える。

ところがその間にも、母フェンリルの気配はどんどん薄らいでいった。

俺のほうに受け入れる気があろうが、そんなことは関係ないのだろうか？

母フェンリルとの戦闘で余裕がなかったため気づくのが遅れたが、そもそもフレスヴェルグだって悪喰によって取り込んだはずなのに、何の気配もしない。

フレスヴェルグも消えてしまったのか……？

残念ながら現状では悪喰に関する知識が少なすぎた。

——ありがとう……。けれど命の終わりを選ぶことは何者にもできません。

母フェンリルを引き留《と》めかけていた俺は、その言葉を聞いて考えを改めた。

誰にも最期《さいご》の刻《とき》は必ずやってくる。

必ずしも存在を長らえさせることが正しいとは限らない。

——……先ほどまでの苦しみが嘘のよう。……今はとても温かいのです……。あの子のことだけが気がかりですが……大丈夫。……私は……あの子の強さを信じて……伝えて……。

最後にそう言い残すと、母フェンリルの気配は俺の中から完全に消滅した。

◇◇◇

どのぐらい意識を失っていたのか。

くすぐったい何かが顔面に触れているような感覚によって、目を覚ます。

「ん？」

瞼《まぶた》を開けた瞬間、視界に飛び込んできたのは白くてもふもふとした塊《かたまり》だった。

『わふっ！』

仔フェンリルだ。

こちらの意識が戻ったことに気づいたのだろう。

体のわりに大きな両足を俺の頬に押しつけて、仔フェンリルが俺の顔中をペロペロと舐《な》めてきた。

――ああ、よかった。ご主人様！　ご無事なご様子で……！

取り乱したイエティの声が頭の中で響く。

――心配かけてごめん、イエティ。単なる魔力切れだと思う。

――本当に安心しました……。あのような無茶は二度とおやめになってくださいませ。

――はは。できるだけ気をつけるよ。

――まったくご主人様には困ったものです。できるだけではなく必ずお願いいたしますよ……。これでは命がいくつあっても足りません。おっと、わたくしはすでに死んでいるのでした。

自分が死んでいることを笑いに変えられるイエティを、俺はちょっと尊敬した。

――さてさて戦闘も終わったようなので、私は再び眠らせていたすやぁ。

相変わらずとんでもなく寝落ちが早い。

――おやすみ、イエティ。

苦笑してそう伝えながら、顔を舐めまくってくる仔フェンリルを抱《かか》える。

「おまえも心配してくれたんだな。ありがとう」

お礼を言ってフェンリルの頭を撫でると、尻尾を振る速度が増した。

『こちらこそかたじけない』

ん？

子供らしい高くてかわいい声に反して、口調はやけに重々しい。

「今しゃべったのはおまえ……だよな？」

『いかにも我《われ》だ』

仔フェンリルが俺に向かってパタパタと尻尾を振る。

『消える瞬間、我を振り返った母の顔はとても安らかだった。貴方《あなた》があの恐ろしい呪いから、我の母を救ってくれたのだろう？』

あのとき母フェンリルは、そんな表情をしていたのか。

それを聞いて、少し救われた。

俺は悪喰の加護で母フェンリルを取り込んだことと、母フェンリルから託された遺言を仔フェンリルに伝えた。

『……そうか。たしかに貴方の中から母の力を感じる。……その願いに恥じぬよう生きると誓おう』

宝石のようにきれいな仔フェンリルの瞳に、涙が浮かんでいる。

『貴方には感謝してもしきれない。どうか我をあなたの部下にしていただきたい。一生をかけてお仕《つか》えする所存！』

「ええと、対等な関係でいたいから、部下じゃなくて仲間でどうだ？」

『我らフェンリルは孤高の存在。仲間などという馴れ合いの関係は築いたりせぬ。断固として主従関係をお願いいたす』

なんだかわからないけど、この子にはこだわりがあるらしい。

こんな幼い子供を相手に、ムキになるのも変な話だ。

ひとまず俺のほうは仲間だと思っていればいいか。

「わかった。それじゃあこれからよろしくな」

俺が手を差し出すと、仔フェンリルは無邪気な仕草で自分の鼻をすり寄せてきた。

九話

「ところでおまえのことはなんて呼んだらいい？」

『フェンリルは個々の名を持たない』

「そうなのか？」

『群れを成さないから、名を呼び合う必要など皆無《かいむ》だ。「おい」でも「おまえ」でも、主《ぬし》の好きなように呼ぶといい』

仲間を「おい」なんて呼ぶわけにはいかない。

「うーん、だったらフェンリルだから【フェン】でどうだ？」

安直すぎるだろうか。

心配しながら尋《たず》ねると、数秒間黙り込んだ後、威厳に満ちた態度で頷《うなず》いた。

『悪くない名だ』

ふさふさな尻尾がめちゃくちゃ高速回転してることは、フェンの名誉のためにも見て見ぬふりしておく。

それから俺とフェンは徒歩で二日ほどかけ、港湾都市ギャレットまでやってきた。

ちなみに所持金がほとんどないため、道中は野宿をし、空腹は木の実や果物で凌《しの》いだ。

フェンが狩りをしてこようかと聞いてくれたけれど、俺はまだ調理道具を何も持っていないので、肉や魚を煮炊きすることはできなかったのだ。

この先冒険者としてやっていくなら、調理器具と料理の知識は必要になってくるなあ。

ギルドに登録できて、仕事がもらえるようになったら、稼いだ金でまずは日用雑貨をそろえよう。

金を稼ぐにしたって、ギルドでの登録が必要だ。

とにもかくにも、まずは冒険者ギルドへ向かわなければ。

街の入り口にあった案内板によると、冒険者ギルドは中心部を貫く大通りに面しているらしい。

大通りは簡単に見つかったので、俺は冒険者ギルドの看板を探しつつ進んでいった。

交易が盛んな港街だけあって賑《にぎ》やかだ。

ギャレットはこの地域で一番大きな街で、各ギルドの支部がある。

俺のように魔獣を連れている冒険者の姿も、かなり見受けられた。

そんなふうに魔獣に慣れているはずの街の人たちが、俺とフェンを見た途端、目を見開いて足を止める。

「おい、あの魔獣は……」

「え……。え……!? まさかあれってフェ……ううん、そんな馬鹿な……! ワーウルフよね……?」

「だけどあんなでかいワーウルフいないだろ……。……ありゃあフェンリルじゃないのか」

「フェンリルって……まさか……伝説に近い生き物だぞ……」

街の人たちはこちらを凝視《ぎょうし》しながら、そんなことを言っている。

『主、このままではおおごとになってしまうぞ。ワーウルフなどと一緒にされては、プライドが傷つくが致《いた》し方《かた》ない。適当に誤魔化してくれ』

俺のシャツの裾《すそ》をはむはむしながら、フェンが訴えかけてきた。

たしかにフェンの言うとおりだ。

過度に注目されたり、珍獣扱いされたりしたら、フェンのストレスにもなってしまう。

俺は不自然なぐらいの笑顔で、街の人たちのほうを振り返った。

「わーまたうちの子が、フェンリルと勘違いされているなあー。ちょっと珍しい毛並みをして、ちょっと普通よりサイズの大きいワーウルフなんだけど。いっつもフェンリルと誤解されるんだよなあー」

俺の言葉を聞いた街の人たちは、なーんだという表情になって顔を見合わせた。

「そうだよな。だいたいあんなふうに人間に懐《なつ》くわけがない」

「うんうん。フェンリルは決して他者に従わない孤高の魔獣だっていうじゃない。あーびっくりしたぁ」

街の人たちが納得した様子で、笑い合いながら散っていく。

よくあんな棒読みの芝居に騙《だま》されてくれたなと思いながら、ほっと息を吐く。

「さて、なんとか誤魔化せたし行こうか」

フェンに声をかけ、顔を上げたそのとき――。

「いや、騙されるわけないでしょっ!?」

たった一人、まだその場に残っていた赤毛の女の子が、勢いのいいツッコミを俺に入れてきた。

「ちょっと魔獣に詳しかったら、この子がワーウルフなわけないって気づくわよ？　光沢《こうたく》を帯びた銀色の毛並み。光の加減によって色の変化する瞳。尻尾の中に一筋だけラインが入っているところだって。ワーウルフにはなくて、フェンリルだけが持つ特徴だわ」

どうやら魔獣に詳しいらしい彼女は、目を凝《こ》らして念入りにフェンを観察しはじめた。

やけに前のめりな姿勢、瞬《まばた》きを忘れるほどのギラギラした目つき、荒い呼吸をくり返しながらぶつぶつと独り言を口にしている様子には、既視感《きしかん》を覚えずにいられない。

端《はた》から見たら、どう考えても危ない人だ。

魔獣好きをこじらせすぎて、彼らを目の前にするとつい興奮しすぎてしまい、それを気取《けど》られまいとするあまり挙動不審になる。

彼女はそんな俺にそっくりなのだ。

「もしかして、君、熱狂的な魔獣好きだったりする……？」

「えっ……。……なんでわかったの？」

困り顔になってしまった彼女が、顔を赤らめながら尋ねてきた。

「俺も同じだから。似たところがあるなと思って。今も本当はフェンを撫で回したくてうずうずしてるよな？」

「ううっ。わかる人にはわかっちゃうのね。普段はちゃんと抑えてるつもりなんだけど、こんな特別な子を前にしたら、つい暴走しちゃって。……素晴らしいもふもふっぷりね……。たまらないわ……」

恋をしている少女のような目で熱烈にフェンを見つめた彼女が、はぁっと溜息を吐《つ》く。

おそらくフェンの毛並みを触りたくてたまらないのだろう。

『主、ちょっとならなでなでさせてやってもよいぞ。毛並みを褒《ほ》められて気分がいいからな』

ふふんと得意げに口の端《は》を上げたフェンがそう言ってくれた。

高速回転している尻尾を見れば、その言葉以上に褒められたことがうれしかったのだと伝わってきた。

「触ってみる？　触れても大丈夫だとこの子が言っているから」

「えっ、いいの!?」

途端に彼女の目が輝いた。

まるで小さな子供みたいで思わず笑ってしまう。

ところが勢いのままフェンに触れようとしたところで、彼女は突然その動きを止めた。

「ああ、もう、何やってるの私……！　触れる資格なんてないのに……」

俺たちには聞こえない声量で何かを呟《つぶや》くと、フェンには触れずにくるっと踵《きびす》を返した。

「ありがとう。でも、こうやってお目にかかれただけで満足だわ」

彼女が浮かべた作り笑いの奥に、罪悪感のようなものが見え隠れする。

恐らく大好きな魔獣に触れることを自《みずか》ら戒《いまし》めなければならないような出来事が、彼女の過去にあったのではないだろうか。

そんな感じを抱いたが、さすがに初対面の相手に対して、ぶしつけな質問を投げかけることはやめておいた。

「ところで君たちは今日この街に到着したの？　フェンリルを連れている冒険者の噂なんて聞いたことがないから」

　俺は魔獣使いの資格を取得するため、田舎《いなか》の町から出てきたところだと説明した。

「冒険者ギルドなら帰り道の途中だから、案内してあげるわ。私はアリシア。よろしくね」

　俺も名乗り返し、フェンのことを改めて紹介した。

　正直広すぎる街に戸惑《とまど》っていたので、アリシアの申し出はありがたかった。

「ディオくんと、フェンちゃんね」

　俺の二つ上で十七歳のアリシアは、もともと面倒見のいい性格なのか、それともこちらより年上だからか、ギャレットという街について懇切丁寧《こんせつていねい》に説明してくれた。

「ギャレットは冒険者の出入りが激しいから、魔獣や魔獣使いに偏見を持つ人は少ないはずよ。ただ大きい街だからタチの悪い人間も多いし、犯罪騒ぎも毎日のように起こっているわ。魔獣を連れている君にとくに気をつけてほしいのが『魔獣攫《さら》い』ね」

「魔獣攫い？」

「ええ。何年も前からギャレットでは悪質な窃盗団による魔獣攫いが相次いでいるの。魔獣使いを気絶するまで暴行してから、相棒の魔獣を連れ去るのよ。魔獣使いのうちの何人かは、そのまま意識が戻らずに亡くなっているし、なんとか一命を取り留めても、暴行による怪我が原因で冒険者を続けられなくなった人がほとんどなの」

アリシアが言うには、連れ去られた魔獣が数日後、死体になって波止場に浮かんでいたことから、他国に売り飛ばすため盗難している可能性が高いらしい。

死亡していた魔獣の体にも、ひどい暴行の跡が見られたそうだ。

「許せないな」

怒りを感じながらそう呟くと、アリシアも力強く頷いた。

「本当に最低な奴らよ。さっさと捕まればいいのに、首謀者がよっぽど狡猾《こうかつ》らしくて、全然尻尾を出さないみたいなの。憲兵隊も血眼《ちまなこ》になって捜査してはいるんだけどね……。でも悪い面ばかりの街ってわけじゃないから。港街特有の空気感があるっていうのかな。人懐《ひとなつ》っこくて明るい人がほとんどだし。窃盗団にだけは気をつけて、楽しんでいって。さあ、着いたわ。ここが冒険者ギルドよ」

「案内してくれてありがとう。それに街のことについても色々教えてもらえて助かった」

「資格試験がんばって！　それじゃあ、またね！」

名残《なごり》惜しそうにフェンに一瞥《いちべつ》を向けたアリシアは、無意識に伸ばしかけた手をハッとしたように引っ込めると、手を振ってから去っていった。

◇◇◇

アリシアの後ろ姿を見送った俺は、フェンを連れて冒険者ギルドの扉を潜《くぐ》った。

広いホール内にざわめきが起こったのは、その直後のことだ。

「うそ……。あの子が連れているのって、もしかしてフェンリル……!?」

「まじかよ……!?　初めて見るぜ!?」

「あの見た目の特徴、確実にフェンリルだろうけど、こんなことってあるか……!?」

「なんで人に懐かないフェンリルを従えられてるんだよ!?　しかもあんなひょろっちいガキが」

ここにいる冒険者たちは、一般人に比べて魔獣に詳しいからか、先ほどまでとは比べ物にならないほど注目を集めてしまったようだ。

「ていうかフェンリルって危険度ＳＳランクの魔獣だろ……」

「あんなの連れ歩いたりしていいわけねえだろ！　だいたい魔獣が人間様の建物に入ってくるだけでも不快だってのに」

フェンの額《ひたい》には、俺に従属を誓ってくれた証《あかし》がついている。

エイベル王国内では、人間に従属している魔獣の行動を取り締まる法は存在しない。

だから今の男の発言は単なる言いがかりなのだが、ギルド内にいる冒険者たちのほとんどが、俺とフェンのことを不快そうな目で睨《にら》みつけてきた。

魔獣排斥論《はいせき》に与《くみ》する者の多さを、俺は改めて痛感した。

感情でものを言ってくる人間に対して、理屈で返しても無意味だ。

相手にするのはやめて、ギルドのカウンターへ向かう。

受付担当の職員たちはとても忙しそうにしており、様々な冒険者が窓口で手続きを行っていた。

運よく端の席が空いたので、そこから声をかけた。

「すみません、職業登録がしたいんですが」

受付嬢は、動きに合わせてぴょんぴょん跳ねるポニーテールがよく似合う明るい女の子だった。

「はいはい、こんにちはー！　本日担当させていただきますマーガレットです！　さてさて今日はどのようなご用件で——ん？　んんんっ⁉　そ、その子はまさかーっ⁉」

カウンターに手をついて、マーガレットが身を乗り出してくる。

「フェンリルですか⁉　しかも子供⁉　ひええええええ、すごいです……‼︎！　フェンリルなんて初めて見ましたよおお。ていうかフェンリルが人間に懐くなんて……!!」

先ほどの冒険者たちと違って、マーガレットは魔獣嫌いではないらしい。

「魔獣使いになるため、資格試験を受けたいんですが」

「えっ……。……ええっ!? 魔獣使いの資格を持っていないのに、すでにフェンリルと主従関係を結んでいるんですかっ!? す、すすすすごすぎますううう!!」

興奮したマーガレットが感激の眼差《まなざ》しを俺たちに向けてくる。

そのとき——。

「待て。そんな危険な魔獣を連れた奴を冒険者登録させるなんて、見過ごせないな」

俺たちのやり取りを眺めていた冒険者たちが、ぞろぞろと集まってくる。

俺とフェンはあっという間に取り囲まれてしまった。

◇◇◇

俺たちを取り囲んだ冒険者たちが、武器を構えて威嚇《いかく》してくる。

「まだ子供とはいえ、危険度ＳＳランクの魔獣だぞ！　すぐに殺すべきだ!!」

「そうだ！　魔獣使いたちが連れ歩いている他の魔獣とフェンリルとじゃ、危険度が違いすぎる！」

「そもそも危険度Aランク以上の魔獣を、人間が使役《しえき》できるなんて話聞いたことねえぞ!!」

「あの使役の証はきっと紛《まが》い物だ!!」

男たちが次々めちゃくちゃな言いがかりをつけてくる。

俺は小さく溜息を吐き、彼らに向き直った。

「使役の証を偽造する方法なんてあるんですか？」

そんな話聞いたことがないと思いながら問いかけると、反論されるとは思っていなかったのか、喚《わめ》いていた男の顔が怒りで赤くなった。

「う、うるせえ！　くだらない揚《あ》げ足とってるんじゃねえ！」

このまま話していても埒《らち》が明かない。

「あなたたちの言いたいことはわかりました。あとはギルドの方と直接話します」

「いいや、そうはいかねえぞ。そのフェンリルはこの場で俺たちが仕留《しと》める。それにフェンリルの素材は、破格の値段でさばけるしな。おまえも山分けの仲間に入れてやるからどけって」

……なるほど。

そういう目論見《もくろみ》があるのだったら、やけにつっかかってくるのも頷ける。

改めて俺たちを取り囲む男たちの顔を見回すと、静観している冒険者たちに比べて人相が悪い。

頭の中がすうっと冷えていく。

自分が心の底から男たちを敵と判断したのを客観的に感じた。

己《おのれ》の利益のため魔獣を手にかけようとする者に対して、容赦する必要はない。

ましてや奴らが命を狙ったのは、俺の大事な相棒なのだ。

「さあ、その獣を駆除する理由は理解できただろ。さっさとどけ」

先頭にいる男が腰の銃を抜き、フェンに向かって構える。

俺は男から視線を逸《そ》らさずに、フェンの前に立った。

『主《ぬし》……』

「ここは俺がなんとかするよ。君は危険な魔獣なんかじゃないってことを証明するためにも、フェンは今、手を出さないほうがいい」

『わかった……。主に迷惑はかけたくない。こ奴らを嚙み殺すのはやめておこう』

「こら、フェン。冗談にしても物騒すぎるぞ」

「おい、何をぶつぶつ言ってやがる！　そこをどかないなら、おまえの命も保障できないぞ！」

「それは助かるな。今の発言のおかげで、こっちも思う存分正当防衛を主張できる」

「このガキが……。フェンリルを連れているぐらいで粋《いき》がりやがって！　だったら、好きにするがいい!!!」

先頭の男が銃口をこちらに向ける。

——ご主人様、どうやら戦闘のようですな。

戦いの気配を感じ取ったらしく、イエティが目を覚ました。

——おはよう、イエティ。今回も君の力を借りるな。

フェンが後ろにいるから、避けるという方法は選択できない。

守りながら戦うのなら、どの能力を使うべきか。

とっさに判断を下し、氷魔法をシールド代わりに発動させる。

男の放った弾丸はシールドにめり込み、ピタリと動きを止めた。

「くそっ……!　シールド魔法の使い手か。銃では相性が悪いらしい!　だがこれでどうだ!!!」

銃使いの男の仲間である冒険者たちが、剣を手にして一斉に攻撃を仕掛けてくる。

一人一人相手にするのは面倒だ。

「風魔法、発動」

俺がシールド魔法しか使えないと思い込んでいた冒険者たちが、ぎょっとした顔で動きを止める。

その直後、彼らは俺が放った竜巻に飲み込まれた。

竜巻の中でぐるぐる回る冒険者たち。

俺が竜巻を消し去ると、彼らは次々と床の上に落下した。

山のように積み上げられた冒険者たちは、目を回して伸びている。

間髪《かんはつ》をいれずに、再び氷魔法を発動させ、氷で作り出した檻《おり》を彼らの上に落とす。

この中に閉じ込めておけば、俺がギルドの人と話す間、こいつらも邪魔できないだろう。

「おまえ、い、いや、あんた……いったい何者なんだ……!?」

俺が近づいていくと、彼らは恐怖のあまり目を見開き、震え上がりながら抱き合った。

「ひぃっ……とどめを刺すのはやめてくれえぇぇッッッ……!!!」

「あなたたちが手を出さなければ、これ以上は何もしない」

氷の檻の中の冒険者たちがごくりと息を呑む。

冒険者たちの醸《かも》し出す緊張感とは正反対のゆるいあくびが聞こえてきた。

――いやはやご主人様の能力が高すぎて、赤子の腕を捻《ひね》るようなものでございましたね。

イエティが眠りにつく気配とともに、戦闘は終了した。

十話

「――やれやれ。ギルド内で暴れるとは、血気盛んな冒険者ばかりのようだ」

その言葉に視線を向けると、窓口の奥から一人の男が出てきた。

ずっとハラハラした様子で成り行きを見守っていた受付嬢が、「ギルドマスター……！」と声をあげる。

ギルドマスターと呼びかけられたのは、頭を綺麗に剃《そ》り上げた男だった。

年の頃は四十代後半ぐらい。

ギルドマスターというより、酒場のわけあり亭主という見た目をしている。

身長は低いが、服の上からでもかなりがっしりした体躯をしているのがわかった。

おそらく冒険者上がりでギルドマスターの座についたのだろう。

ギルドマスターはフェンを見て、片眉をわずかに動かした。

しかし、他の冒険者たちのように騒いだりはしなかった。

「マーガレット、何があったか説明してくれ」

「は、はい……！」

尋《たず》ねられた受付嬢マーガレットが、身振り手振りを交えて事の顚末《てんまつ》を話す。

「ほお。あの者たちは、大人数で冒険者志望の若者に攻撃をしかけた挙げ句、あっさり返り討ちにあったというわけか。冒険者の登録試験を受け直させたほうがよいかもしれんな」

「ちょっ、ギルドマスター……!!　俺たちが弱いんじゃねえ！」

「そうだよ！　そいつ、いやそのお方が強すぎたんだよ!!!」

檻《おり》の中の冒険者たちが、必死の形相《ぎょうそう》で叫ぶ。

ギルドマスターは、まったくというように首を横に振った。

「さあ、君とは別室で話すとしよう。ついてきたまえ」

やっとちゃんと話を聞いてもらえそうだ。

部屋を移動する前に、冒険者たちを閉じ込めた氷の檻を解除することも忘れない。

応接室に通されソファに座ると、マーガレットが紅茶とマドレーヌを運んできてくれた。

フェンは俺の足元で伏せをしている。

「どうやってそれほどまでにフェンリルを手懐《てなず》けたんだ？」

ギルドマスターは興味深そうに俺とフェンを交互に見やった。

「手懐けたってわけじゃなくて……仲間になってくれただけです」

「ほう？　興味深いな。何か特殊な加護でも持っているのかね？」

自分の加護を公表するかどうかは、自由な判断に委《ゆだ》ねられている。

特別な加護を持っている者ほど公《おおやけ》にして、報酬の額を吊り上げたり、自分の価値を高めたりするらしいが、加護を開示することで増えるリスクも当然ある。

能力を伝えるということは、手の内を知られるということでもあるのだ。

現段階では、得と損のどちらが大きいのか判断しようがない。

だったらたとえギルドマスター相手とはいえ、おいそれと明かすべきではないだろう。

「加護がどうこうというより、色々偶然が重なったようなものなんで」

俺が言葉を選んで答えると、不意にギルドマスターは表情を崩した。

「ふっ。たとえ冒険者ギルドのマスターといえど、初対面の相手に自分の加護を教えたりはしないか。ここに来ると認められたい気持ちが勝って、自分の実力自慢をペラペラ喋《しゃべ》る者が圧倒的に多いが、君はどうやらそういった連中とは違うらしい。見所のある若者は歓迎だ」

慎重さを身につけられたのは、義父とアダムに殺されそうになった結果なので、俺は苦笑を返すしかなかった。

「まあ、加護のことはいいとして、問題はフェンリルのほうだな。フェンリルの危険度を考えると、先ほどの冒険者たちの主張も一理ある。もちろん素材を手に入れるために殺すなどと言った件に関しては、擁護《ようご》する気などさらさらないが。魔獣使いと使役《しえき》される魔獣間のパワーバランスは、とても重要だ。何かあったときに、自分の魔獣を抑えられないのなら、使役を許可することはできない。君は本当にそのフェンリルを従属させられているのか？　今は子供だが、成長とともに力は増していくし、とても危険な存在になるのだぞ」

従属させたのではなく、仲間になったのだ。

そう繰り返したところで、信用してもらえそうもない。

さてどうしたものか。

考え込んでいると、突然フェンがごろんと転がり、おなかを見せてきた。

『主《ぬし》、我《われ》の首に手をかけろ』

首の下の骨が窪《くぼ》んでいる場所は、獣型魔獣たちにとって急所にあたる。

どんな相手であっても、触れさせることは決してない。

どうやらフェンは弱点に触れさせることで、俺との信頼関係を証明しようとしているらしい。

急所に触れられるなんて、フェンからしたらものすごく恐ろしいことのはずだ。

「……ごめん、フェン。すぐに手をどかすから」

フェンの想いに感謝しながら、その首にそっと触れる。

ギルドマスターともあろう人間が、獣型魔獣の弱点を知らないわけはないが、意図はちゃんと伝わっただろうか？

フェンの首に手をかけたまま彼の様子を窺《うかが》うと――。

「これはすごい……。自《みずか》らの意思で魔獣がこうまでするとは……」

ギルドマスターは静かな仕草で顔を上げると、俺とフェンに向かって微笑みかけた。

「君たちの絆《きずな》を疑うことはやめよう。無粋《ぶすい》なことを言ってすまなかった」

◇◇◇

俺とフェンの信頼関係を理解してもらえたところで、職業登録に関する具体的な説明がはじまった。

「それでは順を追って話そう。職業登録をするには、職業ごとの実力試験を受けて、それをクリアしなければならない。試験は難易度ごとに分けられていて、Fランクを最下級とし、SSランクまである。FランクからAランクまでの間だったら、どの難易度の試験を受けるか自由に選択することが可能だ。つまり一度も試験を受けたことのない者でも、いきなりAランクの試験に挑むことができるというわけだ」

ただしAランク以上、Sランク、SSランク、SSSランクに関しては、順を追って階級を上げていかなければならないらしい。

さらに試験を受けるためには、いくつかの条件を満たす必要もあるそうだ。

たとえばSランクを受ける場合は、ギルド経由で難易度Aランクの依頼を五十回以上成功させていなければならないのだとか。

「君は魔獣使いになりたいのだったな?」

「はい」

「ふむ。冒険者ギルドで資格登録をするためには、二つの試練が用意されている。まずは試験官相手の模擬戦闘に合格すること。さらに模擬戦闘に合格した後は、試験官同行の上で、希望するランクの依頼を一つ成功させなければならない」

模擬戦闘と、依頼の成功か。

「ギルドで試験を受け、見事合格すると、【魔獣使い】ライセンスというものが発行される。ライセンスを携帯していれば、公共の乗り物、たとえば乗り合い馬車や船などに魔獣を同伴できるようになるのだ。それから街の商店および市場や宿、酒場などにも魔獣を連れていける。何よりも魔獣使いのライセンスがなければ、国境を越えることはできない。ただ君の場合は、単にライセンスを取ればいいわけではないのだ」

そこでギルドマスターは渋面《じゅうめん》を作った。

「魔獣使いが強力な魔獣と行動をともにし、今言ったような特典を受けるためには、魔獣使い本人もそれなりのランクのライセンスを取得しなければならない決まりだ。ＳＳランクのフェンリルの場合、君は最低でもＡランクの資格を取る必要がある」

「Ａランクの試験までなら、階級を飛び越して受験が可能なんですよね？」

ギルドマスターは何もわかっていない子供に向けるような、同情を孕《はら》んだ表情を浮かべた。

「たしかにルーキーがいきなりＡランクの試験を受験することは可能だ。ごく稀《まれ》に、そう五年に一人ぐらいは、チャレンジする者も現れる。しかしな……うちのギルドで新人がいきなりＡランクの試験に合格したことは、一度だってない。そのうえ試験に不合格となった場合、ペナルティとして半年間は再試験を受けることはできん」

「そのペナルティを聞いても、Ａランクの試験を受けるという答え一択です」

「まあそうなるな。すでにフェンリルを連れている時点で、試験で不合格となってペナルティを受けたところで、試験を諦《あきら》めるのと結果は変わらないからな」

ギルドマスターの言うとおりだ。

Ａランクの試験に合格しないかぎり、俺とフェンはかなり行動を制約されることになる。

だから合格する自信があるかどうかなんてことは関係なく、挑戦するしかないのだ。

◇◇◇

Aランクの試験を受けることが決定した後。

「さて、次は書類の準備だな。――マーガレット来てくれ」

ギルドマスターが窓口に続く扉から呼びかけ、受付嬢のマーガレットが再び姿を見せる。

「ディオ君は魔獣使いAランクの試験を行うことになったから、書類を用意してくれ」

「えっ⁉　いきなりAランクですかっ⁉　そんな……ルーキーがAランクを受けるなんて、何年ぶりかわかりませんよおおお⁉」

目を真ん丸にしてマーガレットが叫ぶ。

「と、とにかく準備してきます……‼」

少しすると、マーガレットが紙の束を抱《かか》えて戻ってきた。

「ここからは私が説明させていただきますね！　それにしてもさっきはすごかったです……‼　あんな大人数の冒険者を一瞬で倒してしまうなんて！　そんな実力を持った方が、まだ冒険者ギルドに登録すらしてなかったって、ほんと驚きですよおお」

すごいすごいと言いながら、マーガレットが俺の顔を覗《のぞ》き込んでくる。

彼女の勢いに圧倒され、俺はたじろいだ。

「はっ！　す、すみません！　私ったら興奮してしまって……！　えへへ。では、こちらが書類になります。注意事項が書いてあるので、確認してくださいね」

最初に渡された書類には、基本的な注意事項——たとえば、試験官の指示にしっかり従うことなど——が書かれていた。

二枚目と三枚目には、模擬戦闘試験と依頼受注試験の具体的な流れが記されている。

「魔獣使いの試験官はちょうど今日ギルドにいらっしゃるので、一応、この後でも模擬戦闘試験を受けることは可能です。普通は準備などで、一月《ひとつき》後ぐらいに予約を入れられる方がほとんどですが」

「準備？」

「えっと心の準備というか」

「ああ、じゃあ、今日受けさせてもらいます」

できるだけ早く魔獣使いのライセンスが欲しいし、心の準備ならすでにできている。

そう伝えると、マーガレットはただでさえ大きな目をまん丸にして俺を見つめてきた。

「ディオさんって、若いのに肝《きも》が据《す》わっていますね……！　ギルドマスターがAランクの受験をお認めになったのも納得です——！」

認めた？

「Aランクまでだったら誰でも受けられるはずじゃ？」

「あ、えっと、名目上はそうなっているんですが……」

マーガレットによると、試験の合格率はギルドの評価査定に影響があるうえ、評価結果によって翌年の予算配分も変わってくるらしい。

試験官はギルド所属の者ではなく、外部組織の人間が請《う》け負《お》う決まりになっているため、適当な評価で合格者を続出させるなんてことは不可能なのだという。

となれば当然ギルドも合格率を下げるような試験は、冒険者を説得して辞退させようとうするわけだ。

「そんな状況下で俺の受験を許可してくれたんですね」

フェンと行動をともにするうえでの障害を一つでも減らすため、なんとしても受かりたいとは思っていたが、これは責任重大だ。

「ギルドマスターはディオさんにめちゃくちゃ期待しているんだと思います！　冒険者の皆さんをたった一人で倒しちゃった新人さんですし！　私も少し話しただけで、他のルーキーさんたちとは違うものを感じましたし！　なんだかわくわくしてきちゃいましたっ！」

勢い余ったマーガレットが、キラキラとした目で俺の手を握ってくる。

まだまだ経験の浅い俺からしたら、かけられている期待が明らかに大きすぎて、苦笑を返すしかない。

「ああっ、す、すみません！　また私ったら……!!　ギルド職員って、特別に強い冒険者が現れたとき、血が騒いでしまうんですよおお」

俺はどう反応していいのかわからず、肩を竦《すく》めてみせた。

「話を戻しますね……！　──えっと、あっ……。そうだ、これがまだ残っていたんだ……。

……最後にこの書類にサインをもらわないといけなくて……」

それまで笑顔だったマーガレットの表情が曇る。

一枚だけ色の違う用紙。

赤色のその紙には、試験中事故が起きた場合、冒険者ギルドは責任を負わないという注意書きがなされていた。

「冒険者ギルドで行われる試験は、決して安全とは言えません。残念ながら毎年、何人かお亡くなりになる方がいらっしゃるんです……。とくに実地で依頼をこなしてもらう際に事故が起こりやすくて……。命がけの試験になってしまうので、それでも構わないという場合だけサインしてください……」

俺はフェンを振り返った。

自分は問題ないというように、フェンが頷く。

俺も、冒険者という職業が危険と隣り合わせなことは理解できているつもりだ。

マーガレットからペンを受け取り、自分の名前を書き込む。

「ありがとうございます。魔獣使いの試験官はすでに準備ができています。これから試験会場にご案内しますね」

◇◇◇

マーガレットに案内され、冒険者ギルドの奥にある試験会場へ移動する。

試験会場はまるで闘技場のような場所だった。

「すぐに試験官がいらっしゃるので、ここで待っていてください。試験がんばってくださいね！」

笑顔でガッツポーズを作ってから、マーガレットは試験会場の外に出ていった。

「明るくていい子だね」

『うむ。番《つがい》にするか？』

「つがっ!?　げほげほっ」

フェンのとんでもない発言に咽《むせ》てしまう。

『主、どうした？　大丈夫か？』

「フェンが驚かせるから……！」

フェンはきょとんとした顔で瞬《まばた》きを繰り返した。

『驚く？　気に入った雌が現れたら番にするものではないのか？』

「こらこら、雌って言い方もだめだ……!!」

顔が熱くて仕方ない。

マーガレットが出ていった後でよかった。

こんな真っ赤な顔を見られるなんて恥ずかしすぎる。

パタパタと手で頬のあたりを仰ぎながら、視線を上げると――。

「や、やあ。なんかすごい独り言を言ってたね？」

気まずそうな笑みを浮かべた男性の姿があった。

多分この人が試験官だろう。

試験官はにこにこしたまま、首を傾《かし》げた。

絶対にへんな奴だと思われている。

「すみません……。変な話を聞かせてしまって……」

「あはは、面白かったよ。試験を受ける前はみんな緊張でカチコチになるもんなんだけど、君はずいぶんとリラックスしてるようだね。ギルドマスターと受付嬢が君のことを絶賛していたのも納得だ」

試験官は自ら手を差し出し、握手を求めてきた。

「君はディオ君だね。君の模擬戦闘試験を担当させてもらう魔獣使いのジェレマイアです」

「よろしくお願いします」

ジェレマイア試験官はひょろっとした背の高い男性で、肩に黒色の蝶を乗せている。

おそらくあの蝶が彼の使役する魔獣だろう。

「まず最初に、今日の試験について説明させてもらうね」

「はい」

「試験では次のような点をチェックする。魔獣と意思疎通《そつう》が図れているか。どんなときでも魔獣を従わせることができるか。魔獣に命じて求められるレベルの攻撃をしかけることができるか。それらの能力を見て、総合的なレベルを判断するんだ」

「あれこれ言ったけど、試験内容は単純だ。俺の魔獣である幻惑蝶《げんわく》がこれからゴーレムを作り出す。そのゴーレムを相手に、仔フェンリルと協力して戦ってくれればいいだけだからね」

俺とフェンはお互いの顔を見て、頷き合った。

俺にはイエティから得た幻惑耐性が付与されている。

一般的に耐性魔法は常時発動させておくものなので、俺もそうしていた。

しかしこのままだと試験にならないため、敢《あ》えて解除した。

「心の準備はできているみたいだね。それじゃあさっそく試験をはじめるよ！」

ジェレマイア試験官が合図を出して命じると、彼の肩から蝶が飛び立った。

蝶が翅《はね》を羽ばたかせたことによって、黒色のキラキラした鱗粉《りんぷん》が舞った。

その鱗粉は徐々に何ものかの形をとりはじめ、しばらくすると巨大なゴーレムの姿になった。

ゴーレムは雄叫《おたけ》びをあげると、いきなり襲いかかってきた。

俺とフェンを潰《つぶ》そうとして、太い腕を振り下ろしてくる。

俺はフェンとともに、床を転がって攻撃をかわした。

ゴーレムが殴りつけた地面は陥没している。

めちゃくちゃな力だ。

あんなものを食らったらひとたまりもないだろう。

ひとまず自分が攻撃を直で食らわないようにしておいたほうがよさそうだ。

「フェン、おいで！」

両手を広げて呼びかけると、フェンが俺の胸の中に飛び込んできた。

――ご主人様、氷魔法で応じましょう！

いつ目を覚ましたのか。

イエティの声がする。

――いい案だな、イエティ。

片手でフェンを抱きかかえたまま、俺は自分の足元に氷魔法を発動させた。

足の下の地面が一瞬で凍りつく。

そのまま氷を急激に成長させる。

要領は、奈落の谷から脱出する際に、氷の階段を作ったときと同じだ。

俺を乗せたまま、天井近くまで伸びた氷の塔。

その上に立った状態なら、巨大なゴーレムを見下ろすことができる。

当然ゴーレムは氷の塔に殴りかかり、破壊しようと試みてきた。

想定内の行動だ。

こちらはゴーレムが壊す先から、次々新たな氷の塔を出現させ、ひょいひょいと飛び移っていった。

ゴーレムとの奇妙な追いかけっこを続けながら、次の一手を考える。

とそのとき、抱きかかえているフェンが俺のほうを振り返りながら尋ねてきた。

『主、噛み殺してしまっていいか？』

「相手は全身岩でできた魔獣だけど、歯が折れたりしないか？」

『問題ない。乳歯が生え変わる時期なのか、歯が痒《かゆ》いから硬い物を噛みたいのだ』

「わかった。それじゃあ気が済むまで噛んでおいで」

『がぉぉーっっ!!!』

かわいらしい叫び声をあげて、フェンが俺の上から飛び降りる。

ゴーレムの首にフェンが食らいつく。

ゴーレムはすぐさまフェンを振り払おうと試みたが、フェンの顎《あご》の力はとんでもなかった。

ゴーレムはフェンを掴み、首から引き剝《は》がそうとするけれど、フェンは食らいついて放さない。

――ゴリゴリゴリゴリッ。

不吉な音を立てて、ゴーレムの太い首に亀裂が走っていく。

そして――。

――バキッ。

ぐらっと傾いたゴーレムの頭が、胴体から離れて落下する。

重い音をたてて地面にぶつかると、ゴーレムの頭は粉々に砕け散った。

頭部を失った途端、胴体も同じように内側から爆発してバラバラになった。

「フェン、すごいな！　あのゴーレムを噛み砕いてしまうなんて……！」

噛み心地が良かったのか、フェンは満足そうな顔で尻尾を振りながら、俺のもとへ駆け寄ってきた。

十一話

フェンの活躍によって、俺たちはゴーレム相手に勝利を収めることができた。

——おめでとうございます、ご主人様。これで第一の試験は合格ですな。

そんな言葉を残してイエティは眠りの中へ去って行った。

イエティの氷魔法のおかげだ。

心の中でイエティに礼を伝えながら、ジェレマイア試験官を振り返る。

「倒せました」

ジェレマイア試験官は目を丸くしたまま、口をあんぐりと開けていた。

「はっ……！　ご、ごめん。……いや、まさかゴーレムを倒してしまうとはね」

「え？」

ジェレマイア試験官の言葉に首を傾《かし》げる。

「先ほど説明したとおり、この模擬戦闘試験は君がどれくらい魔獣と連係して戦えるかを見るためのものだったのでね。用意したゴーレムは、本来Aランクの魔獣使いでは倒せないレベルのものだったんだ。本当に驚いたよ……。君はとんでもないルーキーらしい」

「俺は何もしていません。ゴーレムを倒せたのは、フェンが頑張ってくれたおかげなので。ね、フェン」

フェンに微笑みかけると、フェンは俺の足に鼻先をこすりつけてきた。

『何もしてないなんてことはない。主《ぬし》が魔法でゴーレムの頭上に位置取ってくれたから、奴の首に飛びかかれたのだ。だから先ほどの勝利は、主と我《われ》の二人で摑んだものだ。我は主とともに戦えて光栄だった』

「フェン……！」

フェンのうれしい言葉をきっかけに、魔獣好きの血がつい滾《たぎ》ってしまう。

「俺も同じ気持ちだよ！　フェンと共闘できて最高に幸せだったよ!!」

デレデレな顔になって、フェンを両手でわしゃわしゃとかき回す。

「デ、ディオ君……？」

戸惑《とまど》った様子のジェレマイア試験官から声をかけられて、はっと我に返る。

「すみません。少し興奮してしまって」

「少し……？　いや、まあ、魔獣使いを目指す君が、魔獣を溺愛しているのは全然問題ないんだけどね……！　ただ年のわりにすごく落ち着いている感じだったから、ギャップに驚かされたな、ははは」

これまでもこういう反応はよくされてきたのだが、魔獣が絡《から》むとどうしても感情の暴走を抑えられないのだ。

まあ、人にどう思われようが、好きなものは好きなのであまり気にしてはいないのだけれど。

「さ、さて、話を戻そう。ディオ君。魔獣使いのAランク模擬戦闘試験は問題なく合格だよ。おめでとう！」

ほっとしながらフェンを見る。

フェンは口を開けてニパッと笑い返してくれた。

「次に挑戦するのは、Aランク依頼の実地試験だね。同行するのは俺とは別の試験官だ。内容についてはすでに説明を受けていると思う。君はできる限り早く試験を受けたいらしいから、とくに問題なければ明日二次試験の予約を入れておくけど構わないかな？」

「はい、助かります」

「了解。……ただこの試験は、正直今日よりかなり厳しい内容になると思う。Aランクの依頼は並大抵の冒険者じゃこなせないし、何よりも担当の試験官の癖《くせ》が強くて有名なんだ」

「癖が強い？」

「うん、ルカ試験官って言うんだけどね。彼女に心をぽっきり折られて、冒険者になることすら諦《あきら》めて田舎《いなか》に帰った者の数は知れない。……しかもルカ試験官が担当した試験からは、合格者が一人も出ていないんだよ……。でもねギルドマスターと同じように、俺も君には特別な才能を感じてる。君だったら、ルカ試験官が認める初めての挑戦者になれるかもしれないよ。とにかく、明日の試験に万全な状態で挑めるよう、今日は宿でゆっくり休んでね」

たしかにここまできたらできることはない。

ジェレマイア試験官の言うとおり、コンディションを整えて明日の試験に挑むのみだ。

「宿屋は港のエリアにいくつも建っているから、予算と相談して泊まる場所を決めるといいよ。ただ、今の君はまだ魔獣使いのライセンスを持っていないだろう？　そうなると魔獣と一緒に宿泊することはできないんだ」

「ああ、そうか。そういう決まりがありましたよね。じゃあ今晩もフェンと一緒に野宿します」

そう答えたら、フェンが俺の足を鼻先でツンツンとつついてきた。

『主、主』

「ん？　どうしたの、フェン？」

『我を気にすることはない。主は宿に泊まってくれ。我は宿の外で眠る』

「何を言ってるんだ。フェンだけ外で寝かせるなんてできない」

『だが、主は明日大事な試験なのだし……』

「いいか、フェン。俺がもし試験を優先させて、パートナーの君だけに不自由を強《し》いるクソ野郎だったら、そんな奴は魔獣使いになる資格なんてない」

『むう……。……わ、わかった。主がそこまで言うのなら……』

「ジェレマイア試験官、もし野宿によさそうな場所を知っていたら教えてほしいんですが」

「うーん。ここは夜でも賑《にぎ》やかな街だから、正直野宿が安全とは言えないんだよね……。夜ふらふらしてる酔っ払いが本当に多いんだ。……よし、君たち二人で泊まれるように、俺が知り合いの宿にこっそり頼んであげるよ」

「え、でも……そんなご迷惑をかけるわけには……」

「黙っててくれれば、問題になったりしないから。——これは言おうかどうか迷ったんだけど、数年前からこの街では、魔獣盗難事件がたびたび起きているんだ」

　その件については、この街に到着したとき知り合ったアリシアという女の子からも聞いている。

「とくにフェンリルはただでさえ貴重な魔獣だし、人間に従属する個体なんて聞いたことがないからね。なんとなく嫌な予感がするんだ。その子はフェンリルだけあって相当強いけれど、それでもまだ子供だ。道端《みちばた》で寝入っていたりしたら、狙われる可能性がある。人に従属するフエンリルが現れたってことは、今頃街中に知れ渡っているだろうし」

「知れ渡るって、俺らのことがですか……？」

「君とその子は自分たちが思っている以上に注目の的《まと》だってことだよ。理不尽な理由で絡《から》んできた冒険者を相手に、ひと騒動起こしたって聞いてるよ。そんなわけだから、今回だけは例外的に俺が紹介する宿に泊まるといいよ」

　俺は野宿でもなんら問題なかったが、フェンを危険に晒《さら》すことは避けたい。

「フェン、そうさせてもらおうか？」

『主に任せる。我はどんな人間が襲ってこようが、ひと噛みで撃退してしまうがな』

「人間を噛むのは基本なしだぞ」

『主がそういうのなら守る』

　キリッとした顔で頷《うなず》くフェンがかわいすぎる。

「ああ、フェン！　なんていい子なんだ！」

　抱き上げて褒《ほ》めると、今度は得意げな表情になったフェンが俺の顔を舐《な》め回してきた。

　そんな俺らのやり取りを見守っていたジェレマイア試験官は、何度か瞬《まばた》きを繰り返した後、自問自答するように呟《つぶや》いた。

「……なんだか会話してるみたいだな。いや、そんなことはありえないんだけど……」

しまった。フェンかわいさのあまり、ジェレマイア試験官の存在を忘れていた。

ギルドマスターのときと同様、初対面の相手に加護の話をするのは躊躇《ためら》われる。

「すみません、俺、フェン相手に独り言を喋《しゃべ》る癖があって」

「独り言かぁ。はは。まあ、そうだよね。魔獣と会話ができる加護なんて聞いたことがないし。でも魔獣と意思疎通を図ろうとするのはとても大事なことだよ。会話は交わせなくとも、こちらが心を開いて接すれば、彼らはある程度理解してくれるようになるからね。そうやって魔獣使いたちは、魔獣に命令を聞かせたり、コントロールしたりするものなんだ」

命令を聞かせたり、コントロールする、か。

加護の力によって会話することができなかったら、そういう関係性しか築けなかったのだろうか？

◇◇◇

宿に到着すると、ジェレマイア試験官の紹介だからと言って、そこの主人がごちそうの大盤振る舞いでもてなしてくれた。

テーブルの上には、鶏《とり》の丸焼きや塊《かたまり》のベーコンなど食欲をそそるものが山ほど並んでいる。

「さあ、好きなだけ食べてください」

「ありがとうございます。でも、こんなにしてもらっていいんですか？」

「なんてったってあなた方は特別なお客様だ。ジェレマイア試験官にしっかりとおもてなしするよう言われてますからね！　どうぞどうぞご遠慮なく！」

一介の冒険者志望が【特別なお客様】なわけもないので、それだけジェレマイア試験官の影響力は絶大だということだろう。

ふと隣を見ると、フェンが料理を見つめながらそわそわしている。

今にも涎《よだれ》が垂れそうだ。

俺は苦笑して、宿の主人に告げた。

「すみません。それではいただかせてもらいます」

俺たちが席に着くと、宿の主人は「ごゆっくり！」と言って、部屋を出ていった。

「いただきます」

まずはフェンの分を皿に取り分けてあげた。

すぐに食べていいのに、フェンは俺の許可が下りるまで、手をつけずにじっと待っている。

「フェン、戦って疲れただろうから、おなかいっぱい食べてくれ」

『ありがたく頂戴する……！』

フェンは待ってましたといわんばかりに、目の前の肉にむしゃぶりついた。
『むううう……うまうまうまうまうま……!!』
おいしくって感動したのか、尻尾をプンプン振っている。
その光景がかわいすぎて、俺は思わず笑ってしまった。
フェンが喜んでくれてよかった。
よし、俺も食べよう。
大きめに切ったベーコンを、フォークに刺して口へと運ぶ。
ここ数日、まともな食事を摂《と》っていなかったので、腹がぐうっと鳴った。
ひと噛みすると、肉汁《にくじゅう》がじゅわっと溢《あふ》れる。
『うまうまだな、主』
口の周りに食べカスをつけたフェンは、満面の笑みを浮かべている。
口調は大人びたものでも、行動が完全に赤ちゃんだ。
かわいすぎる……。
豪快に食べ物をがっつくフェンの姿をうっとりと眺める。
この世にこれ以上かわいい存在がいるだろうか?

◇◇◇

そして、食後——。
おなか一杯食べて、風呂で旅の汚れを落としたら、急激な眠気がやってきた。
色々なことがあったから、ちょっと疲れたのかも……。
俺がベッドに入ると、フェンはその足元でぐるぐると回りはじめた。
しっくりくるポジションがあったのか、ドカッと座ってふうっと溜息を吐《つ》く。
微笑みながら目を閉じると、すぐに睡魔がやってきた。

◇◇◇

——……ご主人……様、ご主人様……。
頭の奥の方から誰かが呼びかけている。
イエティだ。
——ご主人様、目をお覚ましください。一大事でございます。

なんだ？

こんなふうにイエティに起こされることなんて初めてだ。

違和感を覚えたとき、複数の人間の気配と潜《ひそ》めるような息遣《いきづか》いを感じた。

部屋の中に、俺やフェン以外の何者かがいる。

その事実に気づいて瞼を開けると、月明りだけが頼りの視界でもわかるほど部屋中が煙っていた。

火事？

……いや、違う。

妙に甘ったるいこの煙の臭《にお》いは、物が燃えるときのものとは異なる。

「ひゃはは！　こーんな大物の仕事が転がり込んでくるなんてついてるなあ！」

「バカヤロー！　静かにしやがれッ！」

「てめえだって怒鳴ってんじゃねえか！　だいたい少しぐらい騒いだって起きやしねぇよ。フェンリルのほうは魔獣用マタタビで酔っぱらっちまってるし、小僧は料理にたーっぷり睡眠薬を盛っておいたからな」

そんな会話が聞こえてくる。

「てかその小僧は睡眠薬なんかじゃなく、毒を盛っちまえばいいのによ。他の飼い主連中と一緒で、どうせまた憲兵所へ駆け込んで騒ぐに決まってる」

「あほか。冒険者を街の中で殺したりしたら、余計面倒だろうが！　殺したって罪に問われない魔獣とはわけが違うんだよ」

「んなこた、わかってるけどよう」

「ほら。さっさとこの魔獣を袋詰めにしちまうぞ」

ぐったりとしているフェンを袋詰めにしようと、男たちが動きだす。

会話の内容から、こいつらが例の魔獣窃盗団だということはすぐにわかった。

——いかがいたしましょう、ご主人様。

状況が理解できたので、寝たふりを続ける必要はもうない。

——ぶちのめしてやろう。イエティ。

『大賛成でございます』

「くくくっ。このフェンリルなら相当高い値がつくだろうなあ。当分遊んで暮らせるぞ」

「それは無理だ。フェンを売らせたりはしないから」

「なっ、誰だ……!?」

一斉に振り返った男たちは、ベッドの上に座っている俺を見て、目を剝《む》いた。

「んなっ!?　おまえ、なんで起きてやがる!?　睡眠薬で朝までぐっすりのはずじゃ……!?」

「残念だったな。俺は睡眠耐性を持ってるから、そういうものは一切効かないんだ」

フレスヴェルグからオマケみたいな感じで手に入れた睡眠耐性が、こんなところで役に立つとは思っていなかったけど。

「睡眠耐性だと……!? そんな馬鹿な……！ さっきまで熟睡してただろ!?」

それは単純に疲れて寝ていただけだが、そんなことはどうでもいい。

「今すぐフェンを放して、両手を上げるんだ。おまえたちを魔獣盗難事件の犯人として、憲兵隊に引き渡させてもらう」

窃盗団の男たちは、顔を見合わせると、腹を抱《かか》えて笑いだした。

「ぶはははは っ!! ガキが何言ってやがる！」

「はぁ……。口で言っているうちにおとなしく従ったほうがいいと思うけど？」

「ぎゃははは っ！ あんまり笑わせんなって!! 従わなかったらどうなるってんだよ!?」

「こうなるんだよ」

十二話

AKUJIKI NO SAIKYOU MAJU TSUKAI

一応、忠告はした。

それでも降伏しないのなら、男たちの身まで気《き》遣《づか》ってはいられない。

しかも俺は今、かなり腹を立てている。

男たちの腕の中でぐったりしているフェン。

俺の大切な仲間をあんな目に遭《あ》わせたことが許せない。

氷魔法、発動。

——シュルシュルシュルシュルシュルッツ。

ものすごい勢いで伸びた氷の蔦《つた》が、男たちに向かって襲いかかる。

「ひぃいいいっ、な、なんだこれえっ!?」

まずは男たちの腕から、フェンを奪い取る。

自在に動く氷の蔦に両手両足を搦《から》め捕《と》られた男たちは、顔色を変えて叫び声をあげた。

さっきまでの余裕な態度はどこへやら。

無我夢中で自分の体を這《は》い回る蔦を千切ろうとしている。

「無駄だ」

「くうっ……うわあああああっっ!?」

抵抗も空《むな》しく、男たちはあっという間に雁字搦《がんじがら》めにされてしまった。

蔦を使って慎重に運んだフェンを、自分の腕の中に受け取る。

フェンははっはっと熱い息を吐きながら、俺の胸にくったりと凭《もた》れかかってきた。

衝動的な怒りに駆られて男たちを睨《にら》みつけると、奴らは震え上がった。

「フェンにマタタビを嗅《か》がせたと言っていたな？　今すぐ解毒薬を寄越《よこ》すんだ」

「……」

男たちが怯《おび》えた顔を見合わせて黙り込む。

俺は無言で、指を鳴らした。

――メキメキメキメキ。

蔦の締めつけが増す音とともに、男たちの悲痛な叫びが響く。

「うがあああッッッ!!　しまるっしまってるううううっっ!!　やめてくれえええええ」

「やめてほしかったら、解毒薬を渡せ」

——メキメキメキメキッッ。

ボキッ。

骨が折れた音も混ざる。

「ぎやああああああああっぅつうううう……!!　言うぅううう言うからぁあああ解毒薬は持ってませんんんんん」

「まだ足りないみたいだな」

「ほんとらんでずうううううううっっっ」

鼻水をまき散らしながら男たちが叫ぶ。

六人の男のうち、一人はすでに失神している。

「自分たちが使った薬の解毒薬を持っていないなんてありえないよね」

「マタタビの解毒薬はめちゃくちゃ貴重なんれすうううう!!!　マタタビだって俺らは渡されたものを使ってるだけなんですうううう」

渡されたもの、ね。

一応、蔦を使って男たちの持ち物を検《あらた》めてみたが、たしかに解毒薬は出てこなかった。

「うぐっあああああ!!!　マタタビ酔いはそのうち醒めるから、勘弁してくれよおおおおっっっ」

「そのうちっていつ？」

「じゅ、十二時間後ぐらい……っっ」

十二時間もフェンを苦しませておけるわけがない。

男たちは拘束したまま、試しに回復魔法をかけてみたが、効果は見られなかった。

やっぱりか……。

回復魔法は基本的に怪我を治療するための能力だ。

病気や、状態異常を治すことはできない。

「解毒薬はどこで手に入る？」

「魔獣病院ならっ……だけどこの時間は閉まってるッッッ……」

「だろうな。他に入手方法は？」

「ひいぎぃい、ないですううう」

「はぁ……」

俺は溜息を吐《つ》き、一番近い魔獣病院の位置を説明させた。

時計を確認すると、夜中の一時過ぎ。

魔獣医が起きて対応してくれることを願おう。

その直後、騒ぎを聞きつけたのか、武器を手にした宿の主人が部屋に飛び込んできた。

この男が眠り薬を盛ったことは男たちの証言からわかっている。

時間が惜しいので、宿の主人も男たちと同じようにさっさと縛り上げ、野次馬の一人に憲兵隊を呼びに行かせた。

駆けつけてきた憲兵隊からは、魔獣窃盗団を捕まえたことをめちゃくちゃ感謝されたが、こちらはそれどころではない。

「我々が何年もかけて追い回していた窃盗団を捕らえてくれるとは……。本当にありがとう……!!　しかも底なしの悪党どもをここまでおとなしくさせるとは……」

窃盗団たちは、魔法を解除しても逆らうことはなく、今は怯えた顔で座り込んでいる。

「すみません、急いでいるので俺はこれで」

「ああ、君の魔獣がその様子では心配だよな……。君には改めてしっかり礼をしたい！　時間ができたら是非憲兵隊の詰め所を訪ねてきてくれ！」

憲兵隊長の声を背に、宿の外へ出る。

憲兵隊にはもう一人差し出す人物がいるので、また再会することになるだろうけれど、今優先すべきなのはフェンの体調だ。

抱いているフェンは相変わらず苦しそうにしている。

少しの辛抱《しんぼう》だ、フェン。

必ず俺が助ける。

◇◇◇

イエティは休ませ、俺は教わった病院へと急いだ。

月の明かりを頼りに看板を見上げる。

「【マロリー魔獣病院】——ここだ」

当然、院内の明かりは消えていた。

それに二階の住居部分と思われる部屋の窓も真っ暗だ。

フェンの体は、今や燃えるように熱い。

しかし、呼吸のほうは明らかに弱まっていた。

窃盗団の男は十二時間経《た》てば酔いが醒めるなんて言っていたけれど、どう考えても様子がおかしい。

開いた口からは、力の抜けた舌が覗《のぞ》いている。

ルーシーのことを思い出した俺は、心配のあまり鼓動が速くなるのを感じた。

「フェン？　フェン……！」

呼びかければわずかに返ってきていた反応も、今や完全になくなってしまった。
迷惑をかけることは申し訳ないが……。
「すみません……！　助けてください……！」
拳で扉を叩いて呼びかける。
戻ってくるのは静寂《せいじゃく》のみ。
静まり返った夜の街に、俺の声は空《むな》しく飲み込まれていった。
もう一度だ……！
「すみません！　お願いです……！　急患なんです……！　起きてください……!!」
諦《あきら》めることなく、何度も扉を叩いては呼びかける行為を繰り返す。
そのとき微《かす》かな物音がして、二階の部屋にオレンジ色の小さな明かりが灯《とも》った。
起きてくれたようだ。
オレンジの光が移動するのを目で追っていると、不意に一階の院内が明るくなった。
ガラスの扉越しに、寝間着姿の少女がこちらに近づいてくるのが見える。
ガチャッと鍵を外す音が響き、きいっと扉が開く。
「……どうしました？　って、あなた昼間の……！」
長い赤毛を首の横でひとつに括《くく》った少女が、大きな猫目を擦《こす》りながら顔を覗かせる。

相手同様、俺も彼女の顔に見覚えがあった。

ここギャレットに到着した直後、フェンに関して忠告を与えてくれた少女アリシアだ。

アリシアは、マロリー魔獣病院を経営する医師の親族なのだろうか？

彼女の立場はわからなかったが、とにかくフェンの状態を伝えなければ。

「この子がマタタビを嗅がされてしまって……。解毒薬を分けてほしいんだ」

俺の腕の中にいるフェンを見た途端、アリシアの眠そうな表情が変わった。

「すごく弱ってるじゃない……！　この子に何があったの？」

「魔獣を狙った窃盗団から、部屋中に充満するほどのマタタビを嗅がされてしまって……」

「窃盗団ってあの!?　信じられない……！　鼻の利《き》くフェンリルがそんな量のマタタビを嗅いだら、中毒を起こすに決まってるわ」

「中毒……」

やはりマタタビ酔いをしているだけではなかったのだ。

「──ちょっと、ごめんね」

フェンの体にそっと触れ、そう声をかけてから、アリシアが瞼《まぶた》を指先で持ち上げる。

「……目が充血しているし、瞼の内側が白くなってる。中毒を起こしている証拠よ」

フェンを診《み》る手つきで気づく。

アリシアは医師の親族などではない。

彼女がこの魔獣病院の医師なのだ。

「解毒薬を飲ませるだけじゃだめだわ。急いで治療にあたらないと、取り返しのつかないことになるわよ」

「それならすぐに治療してほしい」

そう伝えた瞬間、アリシアの瞳が揺れた。

昼間会ったとき、アリシアが見せた態度のことが脳裏を過《よ》ぎる。

フェンに触れたいと心から思っているはずだったのに、直前でそれをやめた彼女。

そしてその後に見せた、罪悪感まじりの作り笑い。

「……ごめんなさい。私にはもう魔獣を治療することはできないの」

い、いもうできない？

「あのっ代わりに別の魔獣医を紹介するから！　時間外診療を絶対に受けてくれない人たちはだめだから、それ以外で見つけないと……。アメデオ先生とロック先生は……難易度の高い治療にあたらせるのはちょっと厳しそうね。バシュ先生は街を離れてしまっているし……。隣り街のウェールズ先生なら……ああ、でも早馬を使ったところで片道五時間はかかっちゃう……！　って、そもそも医者だけじゃなく素材だって足りないわ……!!」

額《ひたい》に汗を浮かべたアリシアが、焦《あせ》った表情で俺を振り返る。

「マタタビの解毒薬には【大鮫魚《おおざめうお》の鱗《うろこ》】っていう素材が必要なの。とんでもなく珍しい素材で、常備している魔獣病院なんてないわ」

大鮫魚がどんな魔獣かはもちろん知っている。

「一応大鮫魚は、この街から馬車で二日ほど東に向かったウェルゲルの森に、棲息《せいそく》してはいるんだけど……」

「すぐ行ってくる」

「待って待って！　大鮫魚って危険度ＳＳランクの超大型魔獣なのよ！　鱗一枚取ることだって、命がけよ！」

「ああ、わかってる」

「わかってるって……。それに言ったでしょ？　ウェルゲルの森まで馬車で二日よ。……この子の体、そんなにもたない……」

アリシアは自分が痛みを覚えているような表情で、唇を噛みしめた。

「それなら必ず一時間以内に、大鮫魚の鱗を持って帰ってくる。だからその素材が手に入ったら、フェンの治療を引き受けてほしい」

「……っ。……でも、私には本当に魔獣を治療する資格なんてなくて……」

アリシアには申し訳ないが、彼女を説得する以外、フェンを救う方法はない。

だとしたら強引な方法を取ってでも、承諾《しょうだく》してもらうしかなかった。

「一時間、フェンのことを看《み》ていてくれ」

フェンを置いていくのは心配だけれど、アリシアなら信頼できると思えた。

「ねえ、さっきの話聞いてた!?　一時間で戻ってこられる距離じゃないって――。ああっ!?」

時間が惜しいので、アリシアの言葉が終わる前に、飛翔魔法を発動させる。

地面を蹴り上げた俺は、勢いよく飛び立った。

「え……!?　嘘でしょ!?　飛べるのっ……!?」

ぐんぐん上昇していく途中で、一度、下界を振り返ると、目を真ん丸に見開いたアリシアの姿が見えた。

「……もう見えない……。飛翔魔法はものすごく高度な魔法なのに、その上あんな速度を出せるなんて……。彼、いったい何者なのよ……」

そう呟《つぶや》いたアリシアの声は、もちろん俺の耳には届かなかった。

◇◇◇

息ができるギリギリまで速度を上げ、ぐんぐんと進んでいく。

フレスヴェルグから手に入れた鳥瞰《ちょうかん》の魔法も発動しているので、上空からでも下界の様子はしっかり確認できる。

二十分ほど経ったとき、大きな池を抱えた森が見えてきた。

あれがウェルゲルの森か。

飛ぶスピードは緩《ゆる》め、代わりに眼球を高速で動かす。

「見つけた」

いっきに降下し、池のほとりに降り立つ。

水面は不気味なほど静まり返っている。

汀《みぎわ》に膝《ひざ》をつき、月明かりを頼りに水中を窺《うかが》う。

ゆっくり視線を動かしていくと、池の中央部分、かなり深いところに巨大な影があるのを見つけた。

大鮫魚は眠っているのか、じっとしたまま動かない。

時間は限られているので、迷うことなく池の中に飛び込む。

そのまま垂直に潜《もぐ》っていく。

その巨大な魚は、池の底すれすれの場所を漂っていた。

薄紫色の鱗が、月明かりを浴びてまがまがしく光る。

体を覆《おお》っている鱗の一つ一つまでが大きい。

『こんな時間にアタシの眠りを邪魔するとは、なんのつもりだい？』

大鮫魚が話しかけてくるが、俺のほうは水中では喋《しゃべ》れない。

仕方ないので身振り手振りで意図を伝えようと試みる。

戦うつもりはない、鱗をなんとか分けてくれないか。

そうアピールしたつもりなのだが……。

『なんだって？　おまえを殺して、その鱗をむしり取ってやる？　人間の小僧がふざけたことを！　その前にぶちのめしてやろう！」

ええ……。

なぜだか真逆の意味に受け取られている。

激怒した大鮫魚は、怒りのあまりヒレを乱暴に振りながら動きはじめた。

鋭い歯を剝《む》き出しにしながら、威嚇《いかく》するように俺の周りをぐるぐると巡る。

こうなったら仕方がない。

力ずくでも、とにかく水面まで上がってもらうのが先だ。

こちらが喋れる状態にならなければ、説得しようがない。

大口を開けてこちらに向かってくる大鮫魚。

両手を大鮫魚の腹の下に向けて構えた俺は、大鮫魚がもっとも近づいたタイミングに合わせて風魔法を発動させた。

強力な風魔法が水中ではぜて、爆発が起こる。

それと同時に、池の水が空まで噴き上がった。

水中から見上げると、大鮫魚は水柱のてっぺんで、ぴちぴちと跳ねている。

よし。あの状態なら、こちらの言葉を聞いてもらえる。

水面まで戻った俺は濡れた髪を掻き上げながら、大鮫魚に状況を説明した。

「こんな夜遅くに突然訪ねてきて勝手だということはわかっている。でもどうか話を聞いてくれ」

『……!?　ちょっと坊や、なんで魔獣語が喋れるんだい!?』

まるで酒場の婀娜《あだ》っぽい女将《おかみ》のような口調で大鮫魚が言う。

『さっきはブボッブボッ言ってただけだったじゃない!?』

「いや、あれは水中だったから。そんなことより俺の大事な仲間の仔フェンリルが、マタタビ中毒で苦しんでいるんだ。かなり危険な状態で……。中毒を治すための薬を作るためには、あなたの鱗がどうしても必要なんだ。少量で構わない。どうか分けてほしい」

『なんてこったい！　なんで最初にそれを言わなかったんだい！　このおばかっちょ！　ほら、その子のためにさっさと持っていってやんな』

そう言うと大鮫魚は水柱の上でぶるんぶるんと巨大な体を揺さぶった。

剝《は》がれた鱗が、キラキラと輝く七色の雪のように水面に降り注ぐ。

『さあ、坊や。好きなだけ持ってきな！』

「いや、多分こんなになくても――」

『四の五の言わず持ってくんだよ！　取れた鱗が戻るわけじゃあるまいしね！』

「たしかに」

まあ、足りないよりはいいだろう。

水中に浮かぶ鱗をかき集める。

あとは急いで戻るだけだ。

◇◇◇

帰りも猛烈なスピードで空を駆け抜け、約束どおり一時間以内にアリシアの店の前まで戻ってくることができた。

扉をノックすると、店の奥にいたらしいアリシアが、慌《あわ》てたようにパタパタと駆け寄ってきた。

「嘘でしょ……!?　もう帰ってきたの!?　鱗を取れたの!?」

アリシアが叫びながら扉を開ける。

俺はそんなアリシアの目の前に、大鮫魚からもらった大量の鱗を差し出した。

「約束の鱗を取ってきた。これでフェンを助けてくれ」

「んんんんんんんんん!?　なんなのこの量はっっ!?」

深夜の商店街にアリシアの絶叫が響き渡る。

「大鮫魚が厚意でくれたんだ」

「厚意でって……この短時間で本当に戻ってきたこともそうだけど、君ってばどうなってるの……」

「俺のことより、フェンは？」

驚いていたアリシアだったが、俺の問いかけを聞いた途端、表情を引き締めた。

「安心して。なんとか持ち堪《こた》えてるわ」

その答えにひとまずホッとした。

しかし持ち堪えているという言葉を、好意的には受け取れない。

「すぐに治療してやってほしい」

「だけど私は――」

「アリシアにはアリシアの事情があるのはわかってる。だけど、ごめん。フェンの命がかかっているから、それは無視させてもらう。君はきっとすごくいい人だ。だからそこに付け込ませてもらう。アリシア、俺の質問に答えてくれ。このままフェンを見捨てるのか？」

「……っ」

目を見開いたアリシアが、何も言い返せないというような顔で俺を睨《にら》んでくる。

「……私は君が思っているような人間じゃないし、魔獣医としても最低よ」

「君は、君自身が思ってるような人間じゃないって、俺はそう確信している。フェンへの接し方を見てわかった。君は信頼できる魔獣医だと」

自分が心底魔獣を愛しているからこそ、アリシアの魔獣に対する想いが本物か偽物《にせもの》かを感じ取ることができたのだ。

「君はフェンをこのまま見捨てたりしないはずだ。違うか？」

「……っ」

アリシアが黙り込む。

俺も無言のまま、答えが返ってくるのを待った。

きっとアリシアだったらフェンを救ってくれる。

言葉や態度の端々《はしばし》に滲《にじ》んでいる魔獣に対する愛情や、ここに連れてきたフェンを見たときの対応からそう思えた。

義父やアダム、神官の仕打ちによって散々な目に遭ったからこそ、逆に信用できる人間が見分けられるようになった気がする。

本人がなんと言おうと、アリシアは信じるに値《あたい》する人だ。

「……見捨てるなんて……できるわけないじゃない……」

アリシアは溜息交じりにそう呟くと、腹を括《くく》ったような表情で顔を上げた。

「すぐに治療をはじめます。その鱗、一枚もらうわね」

やはり鱗は一枚でよかったらしい。

十三話

AKUJIKI NO SAIKYOU MAJU TSUKAI

フェンはソファに寝かされ、体をすっぽり覆《おお》うように丁寧《ていねい》に毛布がかけられていた。

毛布から頭だけを覗《のぞ》かせたフェンは、短く苦しそうな呼吸を繰り返している。

「フェン……。今、アリシアが治療してくれるからな」

アリシアは薬瓶や素材の並べられた棚の前を行ったり来たりして、ソファのすぐ傍《そば》にある作業台に必要なものを並べていった。

素人《しろうと》の俺から見ても、かなり手際《てぎわ》がいい。

まずはすり鉢を使って、俺がもらってきた大鮫魚《おおざめうお》の鱗《うろこ》を粉々に砕いていく。

ゴリゴリゴリゴリという音が静かな部屋の中に響く。

粉末状態になった鱗はガラスの容器に移され、棚から取り出された薬瓶の中の液体が何種類も混ぜられた。

容器の中の液体は薄紫色をしていて、ときどき、パチパチッと火花のようなものが弾《はじ》ける。

アリシアはその上に手を翳《かざ》して、呪文を唱えはじめた。

アリシアの掌《てのひら》がぽうっと光る。

何度か同じ動作が繰り返されたあと、液体の中からぷかぷかっと紫色の小さな雲が浮かびだした。

雲ははじめ紫色をしていたが次第に変化していき、最後はピンク色になって消えた。

気づけば容器の中の液体も薄桃色に変わっている。

「解毒薬は問題なく完成したわ」

続いて実際の治療に入った。

まずアリシアはフェンの口元に手を翳《かざ》し、呪文を唱えた。

その手から雪の結晶のような粉が降り注ぐ。

苦しげに息を繰り返していたフェンの呼吸が、規則正しい寝息に変わった。

「この全身麻酔が効いている間に開腹して、中毒症状に侵《おか》されている臓器に直接、解毒薬を注入するの」

先ほどとは違う呪文をアリシアが唱えると、彼女の手に青く光るメスが現れた。

魔法で作られたメスがフェンの腹部の上をすーっと横切る。

魔法のおかげで血が流れることは一切なかった。

魔獣使いになるための勉強をしている過程で、魔獣医の仕事についても多少調べていた俺は、アリシアが今行っている魔法治療がどれだけ難易度の高いものかを理解していた。

アリシアの腕は本物だ。

たとえ彼女自身が自分の腕を信じられなくなっているとしても。

一滴の血も流すことなく開かれた腹の中、胃にあたる部分が澱《よど》んだ紫色に染まっている。

アリシアは先ほど作った解毒薬をスポイトで吸うと、その場所に数滴垂らした。

液体は瞬《また》く間に染《し》み込み、思わず眉をひそめるほどの状態だった胃が、あっという間にきれいなピンク色に変わった。

その変化を確認したアリシアは、魔法で針と糸を作り出し、器用な手つきで傷口を縫い合わせていった。

糸によって塞《ふさ》がれた痛々しい縫い跡も、最後には回復魔法ですっかり消された。

外から見ただけでは、たった今、開腹手術を行ったとはまったくわからない。

「――これで治療は終わり。拒絶反応が出なければ、数分で目を開けてくれるはずよ」

「ありがとう、アリシア。本当になんと言ったらいいか……」

「まだ気が早いわ。無事に回復できるかどうかは、この後の数分にかかっているの。それを見守って」

アリシアの言葉に頷《うなず》き返す。

俺はそのままアリシアを信じて待った。

アリシアは両手を胸の前で合わせて、祈るように目を閉じている。

時間の感覚が麻痺《まひ》して、数時間のような数分が経過した頃――。

『……はふっ』

動物が寝ているとき特有の掠《かす》れた鳴き声のようなものがフェンの口から漏《も》れた。

「フェン……！」

慌《あわ》てて呼びかける。

俺の呼びかけに応じるように、フェンがゆっくりと瞼《まぶた》を開いてくれる。

何回か瞬《まばた》きを繰り返したフェンは、不思議そうに俺を見上げてきた。

『……主《ぬし》、ボク、あれ？』

「フェン！　よかった、もう大丈夫だ！」

『ボク、どうしたの……？』

意識が戻ったばかりだからか、フェンの口調がいつもに比べて子供っぽい。

いや、もともと子供なのだから、見た目どおりの喋《しゃべ》り方になっているといったほうが正しいか。

何が起きたのか理解できていないフェンに、窃盗団のことやマタタビを嗅《か》がされて意識を失っていたことを説明する。

『……！　……ボク、そんなことに……。ごめんなさい、主。迷惑をいっぱいかけちゃって……。主の役に立ちたくてついてきたのに、これじゃあボクただの足手まといだ……』

「そんなことない。昨日の試験でだってすごく活躍してくれたじゃないか。それにフェンは何も悪くない。悪いのは君を攫《さら》おうとした奴らなんだから」

『主……。……助けてくれてありがとう。主は命の恩人だ……』

「君を助けたのはここにいるアリシアだよ。彼女が治療してくれたんだ」

アリシアをフェンに紹介する。

「治ってホッとしたわ」

『主、この人にお礼伝えてくれる……？』

「もちろん。――アリシア、フェンがお礼を伝えてほしいって言ってるんだ」

「ふふ、ディオはまるでこの子の気持ちがわかるみたいね。でも私はたいしたことしてないわ。ディオが調合に必要な大鮫魚の鱗を必死になって取ってきてくれたのよ」

フェンに向かってアリシアが微笑みかける。

フェンはお礼を伝えるように、俺とアリシアの手をぺろぺろと舐《な》めてきた。

「本当にありがとう、アリシア。君がなんと言おうが、フェンが助かったのは君のおかげだ。君は最高の魔獣医だ」

「ディオ……。私がまた魔獣の治療にあたれたのは、君が私を信じてくれたからよ……。あんなふうに信頼を寄せられたら……なんとしても応《こた》えたいって思っちゃうわよ……」

　アリシアが上目遣《うわめづか》いで俺を睨んでくる。

「多分君って人をその気にさせるのが、天性で上手《うま》いタイプなのね」

　本気で非難しているわけではないことぐらい、もちろん察せられた。

「アリシアほど能力のある魔獣使いが、どうして治療から手を引いていたんだ？」

「それは……」

　アリシアは一瞬迷うように視線を動かした後、意を決したように呟《つぶや》いた。

「向き合うきっかけをもらえたんだから、いつまでも目を逸《そ》らしていたらだめよね……」

　自分に確認するかのようにそう言って、ゆっくりと顔を上げる。

「──私は魔獣医をしている両親のもと、生まれたの。他に年の離れた姉が一人。姉も私も両親をとても尊敬していて、いつか自分たちも魔獣医になる日を夢見ながら育ったわ。両親が調合薬に使う素材採集に向かうと言えば、必ず姉妹でついていったり。両親とも、まだ子供だからというような理由で、私たちを軽んじたりしなかった。むしろ実地で学ぶんだと言って、簡単な治療の場には同席させてくれたくらいだった」

そこで一息吐《つ》くと、遠くを見つめていたアリシアが俺のほうを振り返った。

「五年前の戦争で、魔獣が兵器代わりに大量投入されたのは知っている？」

頷き返す。

五年前にあった隣国との戦争は、魔獣愛護団体が設立されるきっかけともなった戦いで、何千匹もの魔獣が犠牲になったと言われている。

「両親は戦場に送り込まれた魔獣たちを不憫《ふびん》に思って、少しでも手助けをと望み、軍所属の魔獣医として戦場に同行することを志願したの」

しかし、開戦から一年が経《た》った頃。

アリシアと姉のもとに、両親が戦死したという知らせが届いた。

彼女たちの両親は魔獣たちの傍にいるため、最前線の部隊に従軍していたらしい。

「両親たちの魔獣病院は、姉とふたりで引き継ぐことにしたわ。本を読めば一度で内容を覚えられる能力があった私は、魔獣治療に関する知識だけは姉以上のものを持っていたの。優しい姉はそんな私のことを、自分よりずっと才能があると言ってくれて。魔獣の施術《せじゅつ》もどんどんこなすようになった十三歳の私は、その気になって自惚《うぬぼ》れていた。私が治療した魔獣は、一匹として亡くなることはなくて。自分は万能の魔獣医なんだって、どんな病《やまい》だって治せるんだって、そう驕《おご》っていたの。でもね、そんなことありえるわけないじゃない？」

　俺は黙ったまま、アリシアの話を聞き続けた。

「姉が重篤《じゅうとく》な症状の魔獣の施術を、すべて一人でしていたの。私が治療を成功させて、回復する魔獣を前に喜んでいる間、死んでいく魔獣を看取《みと》って、その悲しみを引き受けてくれていたのよ。本当に馬鹿だったわ。すべての病や怪我を治せる医者なんて存在するわけがないのに。そんなこともわからないなんて」

　アリシアは泣きそうな顔で、そう自嘲《じちょう》した。

「その事実を知った翌日、危篤《きとく》状態の魔獣が運ばれてきたの。私は自分が施術しようとして……でも、できなかった……。死なせてしまうんじゃないかと思った途端、手が震えて、体がまったく動かなくなっちゃったの。姉は私の背を押して、施術室の外へ出したわ。魔獣が亡くなるところを見ずに済んだ私は心底ほっとして……。自分には魔獣医を名乗る資格がないことを嫌というほど思い知らされたの」

　それからアリシアは薬剤師として薬を調合する仕事だけをするようになり、一切の施術を行わなくなったのだという。

　彼女の姉は自分の存在がアリシアを苦しめているのではないかと考えたらしく、アリシアの傍を離れて、今は別の街で魔獣医の仕事を続けているらしい。

アリシアは俯《うつむ》いていた視線を上げ、俺を見つめてきた。

「今まで自分の過去と向き合う勇気がなくて……どうして魔獣医をやめたのか聞かれても、笑ってはぐらかしてきたの。自分の情けない過去を、誰かに知られるのが怖かったから。……なのに、どうして君には話せちゃったんだろう」

ふっと表情が和《やわ》らぎ、親しみの込もった微笑みが現れる。

「君って不思議。昨日会ったばかりなのに、素直に気持ちを打ち明けられちゃった。君が醸《かも》し出す穏やかな雰囲気のせいかな？」

アリシアがもとのように魔獣医の仕事に戻れるかは、彼女の心次第だろう。

でも今のアリシアはどこかすっきりした表情をしていて、フェンを治療する前とは明らかに違った。

きっとアリシアなら辛《つら》い過去も乗り越えられるはずだ。

俺と同じ想いを抱いたのか、黙って話を聞いていたフェンが、アリシアを励ますようにその足にすり寄った。

アリシアはフェンが示した親愛の情を感じ取り、目をうっすらと潤《うる》ませた。

それからその場にしゃがみ込み、壊れ物のようにそっとフェンを抱き上げた。

「フェンちゃんが元気になってくれて、本当によかった」

アリシアがフェンに頬ずりをする。

『主、くすぐったいよお』

フェンがにこにこと笑いながら、俺を振り返ってきた。

「それでも嫌ではないだろう？」

俺は微笑みながらそう尋《たず》ねた。

「――ところでフェン、その口調だけど」

治療が終わって以降、明らかにフェンの口調が変わっている。

東洋剣士風の言葉遣《づか》いをしていたのに、今は見た目どおり、幼い子犬という感じの喋り方だ。

『口調？　…………………………ハッ!!』

途端にフェンの目が泳ぎはじめる。

『い、いいいい、今までのことは忘れてくれ……!!』

「え？」

『絶対に忘れてくれっっっ!!』

フェンはよっぽど恥ずかしかったのか、尻尾を丸めて、背中を向けてしまった。

『我《われ》としたことが、寝ぼけてとんでもない醜態《しゅうたい》を晒《さら》してしまった……』

「そんなことないって。すごくかわいかったよ。見た目の印象通りの喋り方だったし」

『くっ……こんな威厳のないコロコロの体、我は早く卒業したいのだ……!!!』

ぺたんとしてしまった両耳を押さえて、フェンがさらに小さくなる。

その仕草がかわいさを増幅させているのだが、フェンの名誉のため口にはしないでおいた。

十四話

フェンが回復したところで、俺にはやらなければならないことがもう一つ残っている。

「アリシア、もう少しだけフェンを預かっていてもらえないか？　ちょっと窃盗団の主犯を捕まえに行ってきたいんだ」

「え!?　どういうこと!?　フェンちゃんが窃盗団にマタタビを嗅がされたとは聞いたけど、犯人がどこにいるかわかってるの!?」

あ、そうか。

アリシアには詳しい話をまだしてなかった。

俺は、窃盗の実行犯たちはすでに捕まえてあって、憲兵隊に引き渡し済みだと説明した。

「嘘でしょ……。君ってば、あの極悪な魔獣窃盗団を捕まえちゃったの……!?　憲兵隊が血眼《ちまなこ》になって探してた奴らよ!?」

「ああ。だけどまだ主犯格は捕まっていないんだ。そんな奴、野放しにしてはおけないだろう？」

「……主犯の居場所はわかっているの？」

「それはなんとかなると思う」

「なんとかって……」

『主《ぬし》、我《われ》も行く！　連れていってくれ！』

フェンが俺に訴えかけるように、鼻先を掌《てのひら》に押しつけてきた。

「フェンは病《や》み上がりだ。アリシアと留守番していてくれ」

『体はもうなんともない。ほら、このとおり！』

その場でフェンがくるくると回る。

元気なのと、かわいいことがわかった。

でもな……。

「フェンちゃん、一緒に行きたがってるの？」

アリシアが尋《たず》ねてくる。

「ああ。元気になったと言ってるんだけど……」

「君と離れたくないわけね。なら私が一緒についていって抱っこしてようか？　病気と違って状態異常は一時的なものだから、体のほうはもう大丈夫だと思うわ」

「それはだめだ。君の身を危険に晒《さら》すことはできない」

「あはは、心配しないで。こう見えて私、冒険者ギルドで戦闘職の資格も取得してるの。薬草探しでダンジョンに潜《もぐ》ることも多いから。自分の身は自分で守れるわ」

『主、我は抱っこでは不服だ。主と一緒に戦いたい』

「こらこら、フェン。いくらなんでも戦うのはだめだ。何かあってからじゃ遅いからな」

『むう。主は心配性すぎる』

「当たり前だ。フェンは俺にとって大切な仲間なんだから」

『……そんなこと言われたら、どう返せばいいのかわからないではないか。……連れていってくれるなら、戦うのは我慢する』

大きな目をうるうるさせて、フェンが俺を見上げてくる。

くっ……。

その顔は反則だぞ、フェン。

こんなつぶらな目で懇願《こんがん》されて、突っぱねられる飼い主がいるわけない。

俺は眉を下げて、小さく息を吐いた。

仕方ない。アリシアに同行をお願いして、フェンも連れていこう。

◇◇◇

朝になれば、窃盗団が捕まったという噂が街中に広まる可能性が高い。

そうなってからでは遅い。

俺たちはすぐに主犯を捕まえに行くことにした。

マロリー魔獣病院の外に出た俺は、母フェンリルから受け継いだ嗅覚《きゅうかく》強化の魔法を自分自身にかけた。

様々な匂いがいっきに押し寄せてくる。

人の多い街中で、ざわめきを感じるときと近い感覚だ。

その中から、目的の匂いを探していく。

嗅覚強化をしていないときですら印象に残ったあの甘ったるい匂い。

ある人物が身にまとっていた香水と同じ。

――見つけた。

「主犯の尻尾を摑んだ」

心配そうに見守っていたアリシアとフェンが目を見開く。

「こっちだ。ついてきてくれ」

待っていろ。

二度と不幸な被害者を出さないために、おまえを必ず捕まえてやる。

◇◇◇

匂いを頼りに夜の街を進んでいく。

商業地区を通り過ぎ、川を渡り、下町に入った。

途端に治安が悪くなった。

深夜にも拘《かか》わらず、大勢の酔っ払いが騒ぎまくっている。

そんな光景を横目に先を急ぐ。

匂いは半地下の酒場へ続いていた。

「こっちだ」

俺が先頭に立ち、そのあとをフェンを抱っこしたアリシアがついてくる。

薄暗い階段の奥からは、淀んだ空気とともに酒の臭気《しゅうき》が漂ってきた。

もちろん俺が追っている香水の匂いも。

広々とした店内を真っ直ぐ進んでいく。

一番奥の一段高くなっているＶＩＰ席に、その男は座っていた。

両脇には露出の激しいドレスを着た女性が、ずらっと並んでいる。

昼間の温和そうな人物像はどこへやら。

こうして見ると、意味もなく浮かべられた笑みがとんでもなく胡散臭《うさんくさ》い。

俺はその席に向かうと、低いテーブルを挟んで男の真正面に立った。

テーブルの上には高価そうな酒や、フルーツ、オードブルが所狭しと置いてある。

「冒険者ギルドの試験官って、そんなに稼ぎがいいのか？」

そう。

俺の目の前に座っているのは、魔獣使いの試験で担当教官だった男ジェレマイアだ。

ジェレマイアは動じることなくにっこりと笑ってみせた。

「これはこれは、奇遇だね。でも君みたいな若い子には、まだこのお店は早いんじゃないかな？」

「俺が何をしに来たかわかっているな？」

「さあ？」

「とぼけても無駄だ。俺たちはおまえの紹介で、魔獣窃盗犯の一味が経営する宿に泊まることになった。おまえの紹介だからといって、食事を大盤振る舞いした宿の主人。その食事に盛られていた睡眠薬。偶然だと主張するのは無理がある。まあもしおまえが認めなくても、すでに捕まった残りの仲間に自白させればいい」

「冤罪《えんざい》で俺を憲兵隊に突き出すつもりかい？」

「冤罪だと言うのなら、憲兵隊の前で証明すればいい。俺が間違っているのなら、そのときはちゃんと謝罪する」

俺の質問には答えず、ジェレマイアが口元に歪《ゆが》んだ笑みを浮かべる。

そして彼の加護である幻惑《げんわく》魔法を発動させた。

「ひっ、地震だあああああ」

「きゃあああああ!?」

周囲の人々が取り乱しながら、床に倒れ込む。

立っていられないほど室内が揺れている、と思い込まされているのだろう。

幻惑酔いして、吐いている者も少なくない。

ジェレマイアは、ひどい混乱状態に陥《おちい》った人々を虫けらのように眺めた後、悠々とした足取りで店を出ていこうとした。

「どこに行くつもりだ？」

その肩に手をかけて引き留める。

直前まで余裕のある態度を取っていたジェレマイアの顔に、初めて焦《あせ》りの色が浮かんだ。

「……!?　おまえ、どうして幻惑が効かない!?」

「俺は幻惑耐性も持っているんだ」

「幻惑耐性だって!?　試験のとき、俺が幻惑で作り出したゴーレムがちゃんと見えていたじゃないか!?」

「当たり前だ。試験を受けるために、幻惑耐性を一時的に解除していたんだから。そんなことより逃げようとしたということは、罪を認めたわけだな？」

「……っ、くそ……！」

幻惑が効果ないとわかった途端、ジェレマイアは走って逃げ出そうとした。

……無理があるって。

俺はジェレマイアの肩を摑んで振り返らせると、すべての怒りを込めて、ジェレマイアの顔に拳を叩き込んだ。

敢《あ》えて魔法は使わない。

「ぶヘッッ……!!」

惨《みじ》めな声をあげたジェレマイアが、部屋の隅から隅まで吹っ飛ぶ。

それと同時に奴の幻惑魔法が解除された。

幻を見させられていた人々が我に返って、きょろきょろと辺りを見回している。

「え……？　なに？　地震は……？」

「壁や地面が割れてたはずなのに、全部元通りだぞ!?」

「いったい何があったの!?　って、ぎゃああ、この男私の上に吐いてるううう」

俺は座り込んだまま混乱している人々の間を縫って、ジェレマイアのもとへ向かった。

ジェレマイアは鼻血を流しながら、腫《は》れ上がった左頬を掌で覆っている。

「あぐぁあああ……いだいいいぃいいい……いだいよおおおお」

「今のはマタタビ酔いで苦しんだフェンの分だ」

胸倉を掴んで、ジェレマイアを引き起こす。

「魔獣使いであるおまえが、魔獣使いと魔獣を強引に引き裂くようなことをするなんて」

「うぐっ……。き、きれいごとを言いやがって……っ……。あぐっ……うう……ま、魔獣は人間様に利用され使われるだけの存在だ……っ。仕入れた商品を売りさばいて何が悪――」

身勝手な主張をペラペラと並べているところに、もう一発。

胸倉を掴んでいた手を離すと、完全に力の抜けたジェレマイアの体が壊れた人形のように床に崩れ落ちた。

「今のはこれまでおまえたちの被害に遭《あ》った魔獣使いと魔獣の分だ。こんな一発では到底足りないだろうけど」

　完全に伸びているジェレマイアを見下ろし、溜息を吐《つ》く。

　何発この男を殴ろうと、奪われた命は戻らない。

「もっと早く俺がこの街に来ていれば……」

　そう呟《つぶや》き立ち尽くしていると、後ろから優しく肩を叩かれた。

「ディオ、あなたは未来の犠牲者を救ったのよ」

　振り返ると、アリシアが微笑みかけてくれた。

　励ましてくれたことへのお礼を込めて、俺も笑みを返す。

　それからアリシアの腕の中にいるフェンに視線を向けた。

「フェン、人間に幻滅したか……？」

　フェンは目を丸くした後、首を横に振った。

『我はまだフェンリル以外の生き物のことを詳しくは知らぬ。だが、どこにも善と悪の両方が存在することを理解している。人間もそうだろう？　善人もいれば悪人もいる。我は主が人間である限り、人間を憎みはしない』

　こちらに来たいというように動いたフェンを、アリシアが差し出してくる。

白くてもこもこの塊《かたまり》を受け取ると、顔中ペロペロと舐《な》められた。

俺は人より温かいフェンの体温をたしかに感じながら、ふわふわの体をぎゅっと抱きしめた。

十五話

AKUJIKI NO SAIKYOU MAJU TSUKAI

魔獣盗難事件の主犯格であったジェレマイアの身柄を憲兵隊に引き渡したりしているうちに夜が明け――。

結局、俺はほとんど眠らないまま、二次試験に挑むこととなってしまった。

冒険者ギルドに到着すると、何やらバタバタしている。

職員たちは初めて来たとき以上に忙《せわ》しなく飛び回っているし、冒険者たちはいくつもの集団を作って噂話をしていた。

「ほんと驚いたよなあ。まさかジェレマイア試験官が捕まるとは」

「相次いでいた魔獣窃盗事件の黒幕だったらしいな。窃盗団の手際《てぎわ》がよすぎて全然捕まらないって話だったが、犯人を聞いて納得だよ」

「ギルドに出入りしている教官なら、他の魔獣使いの情報も色々持っていただろうしな」

「犯罪とは無縁みたいなツラしてたのに。いやあ、人は見た目によらないよなあ」

「にしても、どうやって捕まえたんだろうな？」

「誰かが通報したって話だけど、よっぽどの実力者なんだろうなあ！」

あの騒動の話でもちきりのようだ。

『主《ぬし》、主』

フェンが俺の服を甘噛みして呼び掛けてくる。

「ん？　どうした？」

『窃盗団は主が捕まえたのだと皆に教えてやるといい』

「いや、やめとく。変に注目されたくないからな」

『なぜだ。皆、主のすごさを思い知ればいいのに』

俺は苦笑して、不服そうなフェンの頭を撫でた。

ちょうどそのタイミングで、受付嬢のマーガレットが俺らを呼びに来た。

「ディオさん、お待たせしてしまってすみません……！　ちょっと今朝は色々あって……!!　でも準備が整いましたので、こちらにどうぞ！」

前回と同様、マーガレットに案内され闘技場へ移動する。

「いよいよ二次試験ですね……！　担当のルカ試験官はそのぉ、少し……いえ、かなり……厳しい方ですが……。でもディオさんだったら、きっとルカ試験官にも認めてもらえると思うんです！　がんばってくださいね!!」

ジェレマイアが、Ａランク依頼受注試験担当の試験官は癖《くせ》が強いと言っていたが、マーガレットも同意見らしい。

いったいどんな人なのだろう。

見送ってくれたマーガレットにお礼を伝え、闘技場の扉を開ける。

前回とは違い、今度は先に試験官が待っていた。

「あなたが本日の受験者ですね。私は担当試験官のルカ・レイティアです」

試験官の姿を見て、かなり驚いた。

「アッカルド神殿で会った神官長代理……？　どうしてあなたがここに」

担当試験官として現れたのは、マナ神殿で俺に対する真の鑑定を行い、悪喰《あくじき》という加護のことを教えてくれた神官長代理の少女だったのだ。

上位の神官の中には、使命のために冒険者として活動する者がいるのは知っている。

だから彼女が冒険者ギルドで試験官を務めていることは意外ではない。

問題は、たまたまアッカルド神殿で鑑定してもらった神官長代理が、たまたま俺の試験官に選ばれたということだ。

こんな偶然起こり得《う》るだろうか？

戸惑《とまど》っている俺に向かって、ルカと名乗った少女は微笑を向けてきた。

「想像していたよりも早く再会することになりました。あなたは必ず冒険者を目指すため、このギルドを訪れるとは思っていました」

よくよく考えれば、俺がこのギルドにやってきたのは、彼女から早急《さっきゅう》に冒険者になるように勧《すす》められたため、もっとも近場にあるギルドに向かおうと決めたからだ。

単なる偶然ではなく、彼女の言動に誘導された部分もあったのだと気づく。

ルカ試験官は初めて会った時、冒険者になるよう俺に勧めてきた。

最寄《もよ》りのギルドの試験官としての発言だったのなら、あの時点で自分が俺を審査する可能性も考えていたのかもしれない。

そのことを指摘すると、ルカ試験官はもちろん自分が審査するつもりだったと言ってのけた。

「でもあなたのことを試験で特別扱いするつもりはありません。私が課したハードルを越えられないようであれば、まだあなたが表舞台に出るのは早すぎるということなので。もうお聞きになっているかもしれませんが、私はこのギルドのAランク依頼受注試験の担当試験官になってから、ただの一人も合格の判定を下していません。だから落とされたとしても気にしないでください。それではこちらが今回の依頼書になります」

依頼書には依頼主の名前と、依頼内容が簡潔に記されていた。

どうやら今回は、依頼主であるウォーレン・デイビーズ氏の身の安全を守りながら、魔獣の棲息《せいそく》するゴア渓谷《けいこく》を進み、その先にあるウォーレン氏の父の家を訪問。再びウォーレン氏とともに、この街まで帰ってくるという内容らしい。

「試験合格の条件は一つ。自力で依頼を達成することのみです。何か問題が発生した場合の保険で私が同行しますが、頼ることはできないと考えてください」

「わかりました」

「ちなみにウォーレン氏からは、三年連続で同じ依頼を受けています。一度だけゴア渓谷で魔族に襲われ負傷した冒険者がいましたが、命にかかわるような事態にはなっていませんし、去年も一昨年も依頼自体は成功しています。確実に安全とは言いきれませんが、Aランクの依頼の中では、難易度は低いほうだと思っていいでしょう」

依頼書を見る限り、護衛がメインの仕事みたいだし、ルカ試験官の言うとおり難しい内容という印象を受けない。

「あなたが命を落とすことのないよう私が守るので、心置きなく試験に集中してください」

同行してくれるルカ試験官が、真っ直ぐに俺を見つめながら頷《うなず》く。

「絶対に、何があってもあなたを死なせたりしません……」

自分の中の決意を確かめるかのような声音で、ルカ試験官は呟《つぶや》いた。

その目があまりに真剣で、ちょっと驚かされた。
一、二度会っただけの他人に向けるような熱量ではない気がする。
試験官としての責任感がそれだけ強いということなのか？

若干《じゃっかん》戸惑いつつも、そんなふうに受け取っておいた。

「それでは出発しましょう。依頼者の方とは、街の西門で落ち合うことになっています」

◇◇◇

依頼人ウォーレン・デイビーズは、街の入り口に建てられた石門の前で待っていてくれた。

年の頃は二十代前半ぐらい。

ひょろりと長い手足をした少し気が弱そうな青年だ。

どこにでもいる街の住人らしい服装なのだが、着古したシャツやズボンのところどころに染《し》みのようなものがいくつもついている。

「は、はじめまして……！　依頼を引き受けてくださりありがとうございます……！」

「よろしくお願いします、デイビーズさん」

「あ、どうぞウォーレンと呼んでください。その、えっと、こちらこそ、今日はよろしくお願いします……！」

頭を下げた拍子に、ウォーレンの背負っていた鞄から中身が一斉に零《こぼ》れ落ちた。

「あああああっ、すみません！　すみません！」

ウォーレンが慌《あわ》てて荷物をかき集めはじめたので、俺とルカ試験官も手伝った。

「すみません、ほんとにすみません……！」

「いえ、大丈夫なので、落ち着いてください」

「は、はい……」

ウォーレンは萎縮《いしゅく》した態度で、ひょろひょろとした体を縮こまらせている。

かなり気弱な性格みたいだが、悪い人ではなさそうだ。

荷物を拾い終えたところで、改めてルカ試験官が、「今回の依頼はディオさんのAランク依頼受注試験を兼ねていますのでご了承ください」と伝えた。

「はい、話は伺《うかが》っています。試験大変ですね……。がんばってください……！」

「ありがとうございます。試験の挑戦者が依頼を受けるのって、心配じゃなかったですか？」

よく許可してくれたなと思いながら尋《たず》ねると、彼は頰を指先で掻きながら笑った。

「実はギルドマスターに強く推《お》されてしまって……」

そう言ってウォーレンが気弱な笑みを見せる。

強引に押しつけられたということなら、そんなことは絶対によくない。

「もし俺で力不足だと思うのでしたら、ちゃんとした資格を持った人に代えてもらいます」

「あ、すみません……！　あなたが嫌だとかそんなことは全然なくて……！」

「無理してません？」

「いえいえ……！　冒険者の方々は、俺ら一般人の生活を支えるために日夜活躍してくれています。そのことに対して、俺はすごく恩を感じているんです。だから、えっと、その……俺にできることがあるのなら協力したいって思っていて……。無理をして承諾《しようだく》したわけじゃないってこと、つ、伝わりました……？」

時々詰まりながらも、ウォーレンは自分の気持ちを伝えてくれた。

「そ、それに……あなたはとんでもない才能を持った新人さんだと聞いています。ギルドマスターは、あなたが伝説のルーキーになると確信しているようでしたよ」

「え？」

ギルドマスターったら、なんてことを吹聴《ふいちよう》してるんだ……。

ウォーレンはギルドマスターの発言を微塵《みじん》も疑っていないらしく、俺に尊敬の眼差《まなざ》しを向けてきた。

やれやれ……。

「ギルドマスターは、大げさなんです……。伝説のルーキーなんてことはないですから」

俺が否定すると、それまで静かにやりとりを聞いていたルカ試験官が会話に入ってきた。

「大げさなどではありません」

なぜかルカ試験官がきっぱりと言い切る。

その熱量に戸惑ってルカ試験官を見返すと、彼女はハッとしたように息を呑み、慌てて視線を逸《そ》らした。

なんだ、今の反応？

不思議に思って首を傾《かし》げる。

その直後、ルカ試験官の言葉をそのまま受け取ったらしいウォーレンが、不安が取り除かれたことを喜ぶような声をあげた。

「やっぱりすごい方なんですね！　そんな方のプレデビュー戦を目《ま》の当たりにできるなんて、こ、光栄です……！」

ウォーレンが目を輝やかせながら俺を見る。

なんだか期待されすぎていて居心地が悪い。

俺は一介の冒険者志望者にすぎないのだが。

◇◇◇

ウォーレンと合流を果たせたので、さっそく目的地に向かって出発する。

俺は念のため、ギルドから渡された依頼書の内容を再確認した。

【依頼主であるウォーレンの身の安全を守りながら、魔獣の棲息するゴア渓谷を進み、その先にあるウォーレンの父の家を訪問。再びウォーレンとともに、この街まで帰ってくる】

危険が伴うのはゴア渓谷ぐらいだし、依頼内容はウォーレンの護衛を行うという単純なものだ。

ゴア渓谷はAランクの魔獣がうようよいるとても危険な地帯で、珍しい素材を取りに行く冒険者でもない限り、誰も近づかない場所だと教えられた。

俺らが現在いるのが、港湾都市ギャレットの西側。

ここから先には広々とした草原が続いていて、その外れは荒れ地になっている。

その荒れ地を進んでいくと、ゴア渓谷に辿《たど》り着くようだ。

「毎年護衛を伴《ともな》ってお父上に会いに行かれてるそうですね」

草原を歩きながら、ウォーレンに声をかける。

ウォーレンは頷いてから、眉を下げた。

「父はわりと名の知れた画家なのですが、だからでしょうか、かなり変わり者なんです……」

ウォーレンがしてくれた話によると、彼の父のトーマスさんはものすごく寡黙《かもく》な人で、極度の人嫌いらしい。

そんなトーマスさんは、ある日「人と関わらなくていい場所で大作を作る」と言いだし、家を出ていってしまったらしい。

それが三年前の話。

突発的な思いつきだったわけではなく、ウォーレンに向かって「家を出ていく」と伝えたときにはすでに、ゴア渓谷の先の丘に掘っ立て小屋を用意してあったそうだ。

「人が寄り付かない場所で、トーマスさんはどうやって生活してるんですか？」

純粋に疑問を抱いて尋ねる。

「父は小さな畑を耕して、自給自足の生活をしています。丘から少し下ったところには川も流れているので、最低限暮らしていくには困らないようです」

トーマスさんの暮らす丘までは、一本しか道がなく、ゴア渓谷を避けては通れない。

「素材を取りに行く冒険者でもない限り、ゴア渓谷には近づかないし、ましてや父の暮らしている丘に用がある人なんていません」

引きこもって絵を描くには、たしかに理想的な場所だ。

「毎年わざわざ危険を冒《おか》して、父上に会いに行くのは大変なのでは？」

ルカ試験官がストレートな質問をぶつける。

他意がないことだけはその眼差しから伝わってきたし、ウォーレンも苦笑している。

「変わり者の父ですが、親一人子一人だったので、俺らはうまくやっていました。父は俺に対してはいつでも優しかったし、俺は父をとても尊敬していました。気弱な俺と違って、父は岩のように強い精神の持ち主で、すごく頼りになる人なんです。俺がおろおろするようなことがあっても、父が『大丈夫だ』と言ってくれるだけで安心できるというか……」

だから危険を冒してでも会いに行くのは当然だ。

そう続くのかと思いきや、彼は少し寂しそうに目線を落とした。

「正直、俺を置いて一人で丘に行ってしまったときはすごく傷つきました……」

置いて行かれる側の寂しさ、その気持ちとなんとか折り合いをつけながら、日常を送ってきたのだろう。

「お父さんを説得してみたことはあるんですか？」

「いえ……。父の仕事の邪魔はしたくないので……。父も頑張ってるんだから、泣き言は零《こぼ》さず、しっかりしようって……。そんなふうに自分に言い聞かせてやってきたんです。実を言うと、俺も父に憧《あこが》れて画家をやってるんです。全然、売れないんですけどね……」

ウォーレンは照れくさそうに、頭を掻いた。

ちなみに一年に一回だけ丘を訪れるというのは、トーマスさん側からの提案だったそうだ。

「毎年、扉越しに会話をして、毎年、メッセージの書かれた絵を一枚もらってくるんです」

「扉越し？　顔を合わせないんですか？」

ルカ試験官が不思議そうに首を傾げる。

俺も同じように違和感を覚えた。

「大作を完成させるまで誰にも会わないという信念を持って出ていったので、俺とも会ってくれないんです。本当に頑固な人なので……」

「それは……」

複雑なんだな……。

自分から年に一度の訪問を提案したのならなおさら顔を見せてもいい気がするが、そうしたら決心が揺らいでしまうのかもしれない。

一種の願掛けのようなものなのか。

俺とルカ試験官が顔を見合わせると、ウォーレンは慌てて言葉を付け足した。

「でも父の渡してくれる絵にしても、そこに書かれているメッセージにしても、すごく思いやりに溢《あふ》れたもので……！　だから、難しい人ですが悪い人間じゃないんです……。すみません、俺の説明がへたくそで、父を薄情者のように言ってしまって……」

慌てて父親を庇《かば》うウォーレンからは、たしかな愛情が伝わってきた。

「あなたたち親子は、特別な方法で通じ合ってるんですね」

俺がそう口にしたら、ウォーレンは驚いたようにハッと息を呑んだ。

「……そんなふうに肯定的《こうてい》に話を聞いてくれたのは、ディオさんが初めてです」

「え？」

「俺は去年も一昨年も、冒険者様に護衛を依頼してきました。その二回とも、この話をした途端、冒険者様に鼻で笑われてしまって……。理解できないということだったんだと思います。それから先は俺の話などろくに聞いてくれなくなってしまって……」

そんなひどい態度を取る人がいたことに心底驚かされた。

俺の隣で、ルカ試験官が重い溜息を吐く。

「その失礼な者たちに代わってお詫びします」

ルカ試験官が謝ると、ウォーレンは慌てて両手を振った。

「いえいえそんな！　俺ら親子が変なので仕方ないです……！」

「家族の形はそれぞれなので、馬鹿にしたりする権利なんて他人にはないですよ」

ウォーレンを馬鹿にした冒険者の態度をいかがなものかと思いながらそう言うと、ウォーレンは感動したらしく、涙目でお礼を言ってきた。

「不思議ですね。まだ冒険者になっていないディオさんが、唯一真剣に俺の話に耳を傾けてくれた。俺からしたら、今までのどんな人より、ディオさんこそ立派な冒険者様に思えます」

ただ話を聞いただけの、まだ何者でもない俺に対して、そこまで感謝してくれるとは。

おそらくウォーレンはこれまでの冒険者たちの反応に、かなり傷つけられてきたのだろう。

「――皆さん、おしゃべりはここまでにしましょう。この先は危険な魔獣の棲息地です。常に注意を払って進んでください」

ルカ試験官に促《うなが》され、俺とウォーレン、そしてフェンは草原の先に視線を向けた。

……ついにゴア渓谷か。

ルカ試験官に向かって頷き、俺は気持ちを引き締めた。

◇◇◇

ゴア渓谷に到着した俺らは、警戒しながら谷間《たにあい》の細い道を進んでいた。

――グォオオオオッツッ……。

また《》だ。

魔獣の遠吠えが木霊《こだま》となって響き渡る。

「奈落の谷のことを思い出すね」

俺は寄り添うように歩いているフェンに話かけた。

『うむ。懐かしいな、主《ぬし》。とはいえこの渓谷に棲息する魔獣は、奈落の谷に比べて弱い。人間のいうSSランクの魔獣は、この場所のヌシぐらいだろう。きっと主には退屈な道行きになる』

後ろを歩いてもらっているウォーレンが、最後尾のルカ試験官を振り返って尋ねてきた。

「と、ところで、万が一魔獣と遭遇したときのことなんですが……、戦闘はそのぉ……試験官様がなさるんですか?」

「いいえ。基本的に私は今回、手出しをしません。私が倒してしまっては試験にならないので」

「えっ!?　ではディオさんが対処するのですか!?」

不安を抱かれても当然だ。

「申し訳ないが、そういうことになります。ただ、あなたを危険に晒《さら》さないよう全力で守るので」

俺がそう伝えると、ウォーレンは慌てたように両手を振った。

「い、いえ……！　ただ驚いたっていうだけで……！　こちらこそ、能力を疑うようなことを言ってしまって申し訳な――」

『主』

ウォーレンの声にかぶせて、フェンが緊迫した声を上げる。

察した俺は、すぐさま聴覚強化の魔法を発動させた。

足音がする。それも三十以上。やたらと重量感がある。人間ではない。

「警戒したほうがいい。何か来る。ウォーレン、俺の後ろに下がって」

「は、はい……！」

俺の隣に並んだルカ試験官が、杖を構える。

どうやら人間の聴覚でも聞こえる範囲まで、足音の主たちが近づいたようだ。

警戒しながら待っていると、ヘドロが浮かぶ沼のような臭《にお》いが漂ってきた。

その深いな臭いをさせながら現れたのは、三メートルを優に越える魔族の集団だった。

吸盤だらけの水色の肌と、顔の半分を占めるほどの巨大な口。その口からは、ウネウネと蠢《うごめ》く触手のようなものが生えていて、生理的な嫌悪感を見る者に与えた。

やつらはグレンデルの種族名で呼ばれる湿地に棲《す》む魔族だ。

俺とルカ試験官は顔を見合わせた。

なぜこんなところに魔族がいるんだ。

魔族が人間の領域に立ち入ることは、両族間の掟《おきて》で禁じられているはずだ。

「おやおやぁ。なんで人間のガキどもがこんな辺鄙《へんぴ》な場所をうろついてんだぁ？」

やたらとねばっこい口調で、グレンデルの一体が言う。

こちらを侮《あなど》っているのは、表情と態度から嫌というほど伝わってきた。

「ここは人間側の領域です。すぐさま立ち去りなさい」

ルカ試験官がきっぱりと伝える。

しかしグレンデルたちはにやつくだけで、行動を起こそうとはしない。

なるほど。うっかり境界線を越えてしまったというわけではないということだな。

「固いこと言うなよぉ。最近魔族領では縄張りの線引きが変わって、俺たちの狩り場が削られちまったんだ。その埋め合わせのために、人間の狩り場をちょこーっとお借りしようってだけの話なんだから。人間側に出入りがばれなきゃ別に問題ないだろうよ」

グレンデルたちが首や肩を回しはじめる。

目撃者である俺たちを消して、人間領への侵入の事実を闇に葬るつもりなのだろう。

「ディオさんは下がっていてください。イレギュラーな事態が生じたので、試験は中止にします」

そう言いながら、ルカ試験官が俺の前にすっと出た。

　自分が戦うつもりでいるらしい。

「こういう突発事態に対する臨機応変さも含めて、受験者の能力を見るために試験が存在するんじゃないんですか？」

「それは一理あります。しかしそもそもグレンデルの集団を一人で倒すことは、Aランク試験の内容を遙《はる》かに越えています」

　グレンデル単体の危険度はAランクというところだが、三十体近い群れを相手にすることを考えると、当然危険度は跳ね上がる。

「となるとグレンデルたちを倒せば、試験合格の可能性が上がるわけですね」

「いえ、そういう話ではなくて……！」

　グレンデルが現れたときも平然としていたルカ試験官が、若干慌てている。

——ご、ご主人様！　ここはこちらのレディに任せておいたほうがよろしいかと……!!

　眠りから起こされてしまったらしい心配性のイエティが、たまりかねたように声を上げる。

——イエティ。ちょうどよかった。君の魔法で戦わせてもらおうと思っていたところだ。

——ああ、ご主人様……！　自《みずか》ら危険に首を突っ込むようなことは、どうかおやめください……！

——そうしたら確実に試験は無効になるからな。それに今回も勝つための道は見えている。

沼地などの湿地帯で生活するグレンデルたちは、《水の魔女》と呼ばれる悪神の末裔《まつえい》とされ、その能力も水魔法に特化している。

水魔法は氷魔法との相性が最悪だ。

相手が団体ご一行なのはたしかに厄介だが、それでも勝算なら十分にある。

だったらここは挑んでおきたい。

ルカ試験官が過去合格させた者がいないのなら、普通に依頼をこなすだけでは不十分な気がしていた。

チャンスだとも言える。

――試験官の後ろに隠れているようでは、今後、冒険者としてやっていけないからな。それにフレスヴェルグとフェンリルの戦いのまっただ中に突っ込んでいったことを考えれば、グレンデルの集団なんて、大したことない。

――ぐぅ、そ、それはそうでございますが……。

イエティも納得してくれたので、再びルカ試験官に向き直る。

「ルカ試験官、この戦いで俺の腕前を判定してください」

『主！　主が出るまでもない！　我《われ》がことごとく嚙み殺してやろう！』

「こらこら、これは試験中の戦闘だから。フェンはステイで見守っていてくれ」

『む、試験か……。主の活躍を見せつけてやらねばならぬ場だということだな。ならばおとなしくしていよう。主、思う存分やってやれ！』

俺が負けることなんて微塵《みじん》も危惧《きぐ》していないフェンが、きらきらと瞳を輝かせてバウワウと吠える。

フェンに頷き返し、グレンデルたちに向かっていこうとしたのだが、そんな俺の腕をルカ試験官が摑んできた。

「いっ、行ってはだめです……！　死んだらどうするんですか……!!」

必死の表情で縋《すが》りつくように引き留めてきた彼女を前に、俺は目を丸くした。

こんなふうに取り乱すようなタイプだとは思っていなかったからだ。

しかも死んだらって……。

「ルカ試験官って、意外と心配性なんですね」

思わずそう口にしたら、ルカ試験官の必死な顔がパッと赤くなった。

「おいおーい。いつまで内輪揉《うちわも》めしてんだぁ？　グレンデルのプライドにかけて、戦闘態勢に入っていない雑魚《ざこ》を攻撃することはしないでいてやったが、いい加減待ちくたびれたぜい」

「ああ、すまない。今、行く」

そう返したものの、相変わらずルカ試験官が手を放してくれない。

「ルカ試験官、俺が死にそうになった場合だけ手助けお願いします」

「……っ」

死ぬという言葉を聞いた途端、赤い顔をしていたルカ試験官の頬から、血の気《け》がすっと失せた。

「……説得しても、思い留《とど》まってくれない人だということはわかっています」

何か小声で呟いてから、ルカ試験官が腕の力を抜いた。

俯《うつむ》いた彼女の表情は読めない。

ルカ試験官の振る舞いには、もちろん違和感を覚えた。

だがまずはグレンデルたちとのイザコザに片をつけなければ。

俺が顔を上げると、こちらの準備が整ったと判断したのだろう。

痺《しび》れを切らしていたグレンデルたちが、雄叫《おたけ》びをあげて突っ込んできた。

一見考えなしに、てんでばらばらな行動を取っているように見えて、陣形に一切隙《すき》がない。

俺はあっという間に周囲をグレンデルたちに取り囲まれた。

集団で戦うことに慣れているのだ。

でもまあ、それならそれで構わない。

個人対集団という時点で、こちらにできる戦い方は限られている。

一度に相手をする人数を減らせるよう立ち回るか、全員まとめていっきに仕留めてしまうか。

残念ながらだだっ広い湿地の中、前者の戦い方に利用できるような障害物は存在しない。

となるともう相手がどんな配置で挑んでこようが、俺のほうですることは一つ。

力業《ちからわざ》で押し切るのみ。

──ご主人様、来ます！

──ああ、わかってる。

「ぎゃはー！　あの小僧を水攻めにしてやれ！」

四方八方から、一斉に水魔法の攻撃が放たれる。

避けることは端《はな》から計画のうちにない。

俺は自らを中心に氷魔法を発動させ、自分に触れる寸前の水魔法を凍らせた。

これは第一段階。

凍った状態で宙に浮いている水魔法の向きをぐるんと一八〇度反転させる。

そのまま指先を動かし、魔法をコントロールする。

目を見開いて固まっているグレンデルたちのもとへ戻っていった水魔法は、氷の刃《やいば》となって彼らの体を切り裂いた。

「ぐっあああああ……!!」

一斉に野太い悲鳴があがる。

どうやら体の吸盤には、ひとつひとつちゃんと血が通っていたらしく、そこから勢いよく血噴き出す。

グレンデルたちは自分の血に慣れていないのか、ひぃひぃ泣いて痛がっている。

「……」

まさかこんなにあっさり勝敗が決するとは。

ある程度大変な戦いになることを覚悟していたので、若干肩透かしを食ったような気になる。

こちらがやったことは、単に魔法を跳ね返しただけなのだから当然だ。

そんなことを思って眺めていると、痛みに喘《あえ》ぎながらもグレンデルたちが遁走《とんそう》をはじめた。

「ディオさん、どうしますか？」

ルカ試験官が問いかけてくる。

とどめを刺すか、全員捕らえて憲兵隊に差し出すか、もしくはこのまま見逃すか。

魔族絡《がら》みの問題はデリケートだ。

深追いする必要はない。

「放っておきましょう」

奴らもこれに懲《こ》りて、領域不可侵の掟《おきて》を安易な気持ちで破ることもなくなるだろう。

さて。

「ルカ試験官。今の戦闘での勝利も、合否の判断に加味してもらえるんでしょうか？」

尋ねながらそう振り返った直後――。

「そんなことよりお怪我はありませんでしたか!?」

俺の体をぺたぺたとさすって、ルカ試験官が傷の有無を確認してくる。

「無傷です」

「本当に？　ささいな切り傷が化膿《かのう》することだってあるので、過信はいけません。あなたはとても特別な方なのですから」

「え？」

ぽろっとそう口走ったルカ試験官は、俺が尋ね返した途端、しまったというような表情を浮かべた。

「どういう意味ですか？」

「いえ、今の言葉に深い意味はなくて……」

そう言いながらも明らかに目が泳いでいる。

「実はあなたに対しては、これまでも何度か俺に対する接し方が不自然だなという印象を抱《いだ》いていたんですよ」

「う、え……？」

試験官の威厳もどこへやら。

同じ年頃のただの女の子になってしまったルカ試験官が、おろおろとしている。

「なんで俺に対して過保護な言動を繰り返してくるんですか？」

「……私、そんなに態度に出ていました……？」

「はい」

「おかしいです……。ちゃんと隠していたつもりなのに……」

ルカ試験官が慌てた顔で、自分の髪をわしゃわしゃとかき回しはじめる。

かなり動揺しているようだ。

「何を隠していたんですか？」

「うう……。これ以上、誤魔化しようがないですね……。本当はもっと時が経《た》ってから伝えようと思っていたのですが、致《いた》し方《かた》ありません」

そう言ったルカ試験官は、腹を括《くく》ったかのようにこほんと咳払《せきばら》いをした。

「ディオさん。あなたの加護である悪喰は、五百年前の英雄オレアンの能力と同じものだというのは以前お伝えしましたね」

「ええ」

「あなたはその英雄オレアンの生まれ変わりであり、世界の救世主になる可能性がある存在なのです」

「……は？」

なんの冗談だという顔になってしまう。

「私が育ったのは、王都近郊にあるマナ神殿です。そのマナ神殿におわします教皇様に対し、十五年前にご神託が降されたのです。英雄オレアンの魂を引き継ぎし者が誕生したと」

「神託って……」

マナ神殿とは教皇をはじめとする多くの神官たちが生活をする巨大な施設で、我が国の教会のトップに位置する総本山だ。

マナ神殿で教皇は、代々国の行く末を神託によって占い、国王を支え続けている。

それほど権威のある神託を疑うわけではないが、自分の話となると、言われたまま鵜呑《うの》みにするのは躊躇《ためら》われた。

この俺が英雄の生まれ変わり？　世界の救世主？

そんなの簡単に信じられるわけがない。

戸惑っている俺に向かって、ルカ試験官は続けた。

「私は英雄になるべきあなたの守護者になるため、教育を受けてきました。神託で未来のすべてが判明するわけではありませんが、加護が授けられ次第、あなたの運命が大きく動きだすことはわかっていました。だからマナ神殿であなたが現れるのを待っていたのです。あなたが義兄によって谷底へ突き落とされることまで神託でわかっていたのなら、もっと早くあなたの前に姿を現していたのですが……」

「待ってくれ。となるとギャレットのギルドで試験官になったのも意図的に？」

「はい。あなたが冒険者の流れを汲《く》む英雄になることは、神託によって判明していたので。試験を受ける街まではわかりませんでしたが、故郷近くの街で冒険者の資格試験を受けるであろうと予想したのです。この試験は命の危険がつきものです。大切なあなたをそんなことで失うわけにはいきません。だから必ず同行しお守りしたかったのです」

資格試験に別の冒険者は同行できない。

「だから試験官になったのです」

俺は信じられないものを見るようにルカ試験官を眺めた。

「ちょっと待ってくれ。もしそれが本当なら、俺のために自分の人生を捧げてるみたいなものじゃないか」

「みたいなものではなく、そのとおりです。私は私の命を懸《か》けて、あなたの守護を務めます。そのために聖職者としての修行を、何年も積んできたのです」

「……」

さすがに言葉が出てこなかった。

話の内容がとんでもなさすぎるし、そうですかと受け入れられるようなことでもない。

正直まだ疑っているし。

現時点の俺はものすごく魔獣が好きなだけの冒険者志望者に過ぎないのだ。

そりゃあたしかに特殊な加護持ちではあるが。

「突然、世界を救う英雄と言われても現実味がまったくない」

「今はそれでも構いません。いずれ時が満ちれば、あなたは自分の運命を自然と受け入れることになるでしょう。ただしこれから先、私があなたのお傍にいることだけはお許しください」

真剣な顔をしたルカ試験官が、俺のことをじっと見つめてくる。

「だけど試験官の仕事は？」

「ディオさんの試験が終わり次第、退任するつもりでいました。私が試験官を続けていたのは、ディオさんが試験を受ける際に、護衛役を務めるためでしたので。そもそも私は試験官には向いていないようなのです。今後の冒険者生活で少しでも命を落としそうな可能性があると感じた場合、その受験者を合格にしようとは思えなかったので」

冒険に命のリスクはつきものだ。

ルカ試験官の考え方だと、彼女の試験に受かる者が一人もいなかったのも納得の結果だった。

「もし行動をともにするお許しがディオさんから下りなかった場合、陰からこっそり見守る形を取らせていただきます。顔も見たくないということであれば、絶対に存在を察知されないようにいたします」

顔も見たくないなんてことはないが、でも俺のために生きてるみたいな感じはどうなんだ……。

神託がすべてというのが、聖職者にとっては当たり前のことなのだろうか。

でも、とりあえず試験中の今は、受験者と試験官だ。

ルカ試験官との今後の関係は、試験が終わってから考えるとしよう。

そう結論を出したとき。

「あのぉ……僕、そろそろ出ていってもいいでしょうか……」

あ、しまった。

ウォーレンの存在をすっかり忘れていた。

十六話

AKUJIKI NO SAIKYOU MAJU TSUKAI

グレンデルたちとの戦いから二時間後。

谷間《たにあい》の道を上っていくと、目的地である丘に辿《たど》り着いた。

小さな小屋が、丘の上にぽつんと建っている。

家の隣には大きな木があって、爽《さわ》やかな風が吹くたび葉を揺らした。

畑は植え替えの時期なのか、なんの芽も出ていない。

「みなさん、ここまで連れてきてくださってありがとうございました！　父さん、元気かな……！」

ウォーレンがうれしそうに小屋へと駆けていく。

親子の再会に水を差しては悪いので、俺らは遠目から見守った。

話に聞いていたとおり、ウォーレンとトーマスさんが扉越しにやりとりを交わす。

俺らのところにも微《かす》かに会話が聞こえてきた。

「父さん、絵の進み具合はどうですか？　そろそろ目途《めど》が立つ頃ですか？　俺のほうは一応努力は続けているのですが、まだまだ全然で……。って、俺ばかり喋《しゃべ》ってしまってすみません……。いつも俺、こうですね。なにせ一年ぶりなので、話したいことが山ほどあって……」

『ウォーレン、おまえが心配だ』

「ふふ、父さんは相変わらずですね……。父さんがいなくてすごく寂しいですが、なんとかやってますよ……」

『一人でも頑張るんだぞ』

「ええ、わかっています……。でも、もし父さんが嫌じゃなければ、俺もこの丘に……いえ、なんでもありません……。すみません、父さんの仕事を邪魔するつもりはないんです……。ただ一年に一度、こうやって扉越しに言葉を交わすしかできないなんて……」

そこで例の絵が扉の下の隙間《すきま》から差し出されたらしく、ウォーレンが屈《かが》み込んだ。

書き込まれたメッセージを読んだのか、ウォーレンの肩が揺れる。

「ううっ……。父さん……。俺、ちゃんと頑張ります。二十一にもなって、親離れできないなんて恥ずかしいですからね……」

俺は温かい気持ちで彼らのやり取りを見守り続けた。

やっぱり家族は仲がいいのが一番だ。

そんなふうに考えた直後、不意に風向きが変わった。

『――主《ぬし》、おかしい』

フェンが体を低くして警戒の体勢を取る。

俺はすぐさま嗅覚《きゆうかく》強化を発動させ、風の匂いを嗅《か》いだ。

妙だ。

あの小屋の中から、人間の匂いがしてこない。

漂ってくるのは――魔獣の匂いと……。

「ウォーレン！　今すぐその扉から離れてください！」

「ディオさん……？　突然どうしたんですか？」

ぽかんとした顔で、ウォーレンがこちらを見ている。

「フェン……！」

『了解だ！』

最後まで言葉にしなくても俺のしてほしいことを理解したフェンが、ウォーレンの服を引っ張って扉から引き剥《は》がす。

「わあああ!?」

「風魔法、発動」

ウォーレンが離れたところで、すぐさま扉に向かって風魔法を放つ。

掛けられていた鍵を壊し、扉を勢いよく開く。

両開きの扉の先、部屋の中に立っていたのは、真っ黒い毛並みをした巨大な化け物猫キャスパリーグだ。

普通の猫とは違い、耳と尻尾がギザギザしているし、背中には黒い羽が生えている。

「SSランクの魔獣……！　ディオさん、どいてください！」

後ろから走ってきたルカ試験官が、俺とキャスパリーグの間に立ち、勢いのまま魔法攻撃を放つ。

さすがに高位ランク資格の合否を判定する試験官を務めるだけあって、魔法の威力が桁外《けたはず》れに強力だ。

しかしキャスパリーグもSSランクの魔獣。

強烈な攻撃を平然と避けてみせた。

「俊敏《しゅんびん》な魔獣ですね……。今回こそ私に任せてください」

突然攻撃を仕掛けられたキャスパリーグは不機嫌そうな唸《うな》り声をあげ、華麗な動きで小屋から飛び出してきた。

そのまま鋭い牙を剥《む》いて、反撃を試みる。

ルカ試験官は長いローブを翻《ひるがえ》して宙を舞い、キャスパリーグの攻撃をかわした。

『なによ、この女！　突然襲いかかってきて、ただじゃおかにゃいわよ』

キャスパリーグが尻尾をパシパシと動かしながら、ルカ試験官に罵声《ばせい》を浴びせる。

もちろんルカ試験官には、獣の唸《うな》り声にしか聞こえていないだろうが。

「次の攻撃で必ず仕留《しと》めます」

「あ、ルカ試験官。ちょっと待ってください！」

制止するのがわずかに遅く、ルカ試験官は攻撃魔法を放ってしまった。

仕方ない。

俺は横合いから追いかけるように風魔法を放ち、ルカ試験官の攻撃魔法にぶち当てた。

俺の魔法に弾《はじ》き飛ばされ、ルカ試験官の魔法は空の上で爆発を起こす。

「……ディオさん、なぜ邪魔をするのです？」

ルカ試験官が怪訝《けげん》そうに俺を振り返る。

「ちょっとそのキャスパリーグと話をさせてください」

「話す……？」

言っていることの意味がわからないというように、ルカ試験官の眉間《みけん》に皺《しわ》が寄る。

説明は後回しにして、俺はキャスパリーグに呼びかけた。

「ねえきみ、どうしてトーマスさんの声色を真似たりしたんだ？」

『にゃ……!? ……おまえ、なぜ魔獣語を喋れるのにゃ!?』

◇◇◇

キャスパリーグがじっと俺を見つめてくる。

立て続けに繰り出されていた攻撃の波は一旦《いったん》引いた。

そのとき——。

「……なぜ魔獣が父さんの小屋の中に……。父さん……、父さんはッ……!?」

それまでフェンに押さえ込まれていたウォーレンが、小屋に向かって駆けだす。

まずい。

直感で、止めなければいけないと思った。

「だめだ、ウォーレン！」

しかし、ウォーレンは俺の制止を振り切るようにして、小屋の中に踏み込んでしまった。

わずかな間のあと、彼は悲痛な声を漏らした。

「あ、ああっ……。う、うそだ……ぁあ……」

ウォーレンの体がグラッとよろめく。

ウォーレンは急いで外へ飛び出すと、草むらに向かって嘔吐《おうと》した。

「……」

俺は彼の脇を通って、先ほどウォーレンがしたように部屋の中の様子を見た。

奥の作業室に続く扉の前に、小さなベッドがある。

物の少ない部屋だから、自然と視線はそこに向かった。

「……っ」

ベッドの上には白骨化した遺体が横たわっている。

おそらくトーマスさんのものだろう。

俺は静かにキャスパリーグを振り返った。

「おまえがトーマスさんを手にかけたのか？」

そう問いかけた途端、キャスパリーグは明らかに傷ついたというような表情を浮かべた。

その表情が答えの代わりになっている。

「おまえの仕業《しわざ》ではないんだね？」

キャスパリーグは警戒心を剝き出しにしたまま、迷うように視線を泳がせている。

『……トーマスは、自分の秘密を息子に知られたくないと言っていたにゃ』

そう呟《つぶや》き、ちらっとウォーレンに視線を向ける。

『でも見られてしまったからには、誤魔化しようがないにゃね……』

耳をぺたんとさせて、キャスパリーグが溜息を吐《つ》く。

『この丘にやってきた時点でトーマスは治らない病気に侵《おか》されていたにゃ……』

そう言って、キャスパリーグは語りはじめた。

不治の病《やまい》にかかっていると知ったトーマスさんは、自分の命が長くないことを息子であるウォーレンに知られたくなかったのだと言った。

気弱なウォーレンが、一人で生きてくことなどできない性格だとわかっていたからだ。ウォーレンは本人も自覚しているとおり、父親の存在に心を支えられ、安心感を得ていた。

母を早くに亡くしたせいか、トーマスさんは幼少期からそんな感じで、父の姿が見えないだけで、ひどく取り乱す子供だったそうだ。

『私が言葉を理解できないと思っていたからか、トーマスは私の前ではとても饒舌《じょうぜつ》だったにゃ。たしかに魔獣は人間の言葉を話さない。でも人間の言っていることは理解できるのに……』

それは初耳だ。

フェンに確認すると、キャスパリーグの言うとおりだと教えてくれた。

『そもそもトーマスは私のことを魔獣ではなく、巨大な猫だと勘違いしていたようにゃけど』

「巨大な猫……。相当規格外のサイズだぞ……？」

『トーマスは絵を描くことしか取り柄《え》のないぼんやりさんだったにゃ』

往時《おうじ》の様子を思い出したのか、キャスパリーグは寂しそうに笑った。

……トーマスさんと親しくしていたのは嘘じゃないな。

でなければ、こんな表情をできるわけがない。

キャスパリーグはトーマスさんの話を続けた。

『この小屋に来てからずっと、トーマスは生きているふりをするための準備をしていたにゃ』

一年に一度、自分の書いた絵とメッセージを渡せば、息子に生きていると思わせられる。

そう考えたトーマスは、病の体に鞭《むち》打って、ひたすら絵を描き続けた。

家を出る前、すでに息子には、絵が完成するまで会う気がないことを伝えてあった。

無理に小屋に入ろうとしたら、親子の縁を切るという宣言もしておいた。

だから小屋で死んでいる自分の遺体が見つかることはないと考えたらしい。

問題は、絵を渡す方法だ。

小屋の中から絵を運び出してくれる人間が必要だが、トーマスさんは小屋に来る前から人付き合いを避けて生きてきたため、頼れる相手がまったく浮かばなかった。

すべての絵を郵便局に預けて、一年に一度配達してもらうという方法も考えたが、万が一疑いを持たれれば、この計画は簡単に暴かれてしまう。

その結果、高額の報酬で冒険者を雇って、毎年その役目を引き受けてもらおうと考え、ギルドに依頼を出したが、何年にもわたる依頼のため、引き受けてくれる冒険者がまったく見つからなかった。

ギルドからの返事を待っている間にも、どんどん弱っていく自分の体。

トーマスは不安を抱《かか》えながらも、キャンパスに向かい続けた。

『……口から出るのは、息子を気遣《きづか》う言葉ばかりだったにゃ。私は……そんなトーマスを見ていたら放っておけなくにゃって……』

キャスパリーグは、トーマスの目の前で絵を咥《くわ》えて運び、それを扉の下から小屋の外へ出すという行動をしてみせた。

最初はトーマスも我が目を疑っていた。

でも何度か繰り返して同じ動作を見せるうち、キャスパリーグの意図が伝わったらしい。

「まさか、おまえ……この方法で一年に一度、息子に絵を渡してくれるというのか？　儂《わし》のふりをして？」

そう尋ねられたので、キャスパリーグは頷き返した。

そのときすでにトーマスの体は衰《おとろ》えきっていて、意識混濁に陥《おちい》っている時間も多かった。

それゆえ彼は、奇跡みたいな出来事を受け入れることができたのだろう。

「……すまんな……。……おまえにこの絵を託していくよ……」

それがキャスパリーグが最後に聞いたトーマスの言葉だった。

翌日、キャスパリーグが小屋を訪れると、トーマスはベッドの上で眠るように死んでいた。

完成した絵の枚数は四十作。

一年に一作ずつ絵を渡せば四十年もたせられる。

四十年後にはウォーレンが今のトーマスと同じ年になる。

その頃には父の死も受け入れられるはずだと見越してのことだった。

――やがて時は流れ、一年目の約束の日がやってきた。

扉の向こうにいるウォーレンに向かい、無言で絵を差し出したキャスパリーグ。

ところが扉越しのウォーレンが涙声で訴えかけてきた。

「一言ぐらい声を聞かせてください」と。

『そんなふうに泣かれたら、黙ったままでいるわけにはいかなかったにゃ……』

キャスパリーグには、獲物を誘《おび》き出すために使う【声色変化】という能力がある。

その能力を使って、とっさにトーマスの声色を真似た。

ただし、会話をすることはできない。

キャスパリーグにできるのは、あくまでも声真似をすることだけなのだ。

キャスパリーグが真似できたのは、たったの三言。

『ウォーレン、おまえが心配だ』

『一人でも頑張るんだぞ』

『愛している』

それらはトーマスが絵を描きながら、何度も何度も繰り返し呟いていた言葉の数々だった。

もともとトーマスはかなり無口な人だったから、その三言しか口にしなくても、ウォーレンは満足して帰っていった。

すべてを語り終えたキャスパリーグは、しょんぼりと項垂《うなだ》れた。

『今の話を信じられなければ、小屋に入ってみるといいにゃ……。奥の部屋にトーマスの日記があるにゃ』

そこにはトーマスさんの気持ちのすべてが記されているとキャスパリーグは言った。

悲しみ、恐怖、息子を想う気持ち、トーマスさんが最期《さいご》に残していったもののすべてが——。

◇◇◇

キャスパリーグから話を聞き終えた俺は、ウォーレンのもとへと向かった。

ルカ試験官とフェンは心配そうに様子を窺《うかが》っている。

膝《ひざ》を抱えて座り込んでいたウォーレンは俺の気配を察したらしく、弱々しく顔を上げた。

「ディオさん……。……どうして……こんなことに……」

涙まみれの顔で、ウォーレンが呟く。

「トーマスさんが残した日記があるようなんです」

「……父さんの日記が……」

「俺が代わりに探してきましょうか？」

「……いえ。……俺も一緒に行きます……」

よろよろと立ち上がったウォーレンを支え、彼に歩調を合わせながら、ゆっくりと小屋の中へ向かう。

ウォーレンはベッドの前で足を止め、呆然とした様子で立ち尽くした。

「……こんなことってありますか……。これでは……父さんだってわかりません……」

口元に痛々しい笑みを浮かべたあと、ウォーレンが悔しそうに唇を噛みしめる。

ルカ試験官は、ウォーレンの気持ちを慮《おもんぱか》って、白骨化した遺体の上にそっとシーツをかけた。

それによって、はじめてウォーレンはベッドの前から動くことができた。

『日記は、アトリエとして使われていた奥の部屋に置いてあるにゃ』

くっついてきたキャスパリーグがそう教えてくれる。

「ウォーレン、奥の部屋へ向かえますか？」

「……はい、大丈夫です……」

きっとちっとも大丈夫なんかじゃないのに、ウォーレンは無理して笑ってみせた。

ウォーレンとともに奥の部屋へと向かう。

閉められていた扉を開けると――。

アトリエの中は、命が尽きる間際《まぎわ》まで描き続けられた絵で溢れ返っていた。

◇◇◇

「しばらく一人にしてあげましょう」

「そうですね……」

ルカ試験官に返事をする。

ウォーレンは今、小屋の外の木立の下に座って、トーマスさんの残した日記を読んでいる。

キャスパリーグはウォーレンが日記を広げるのを傍で見守った後、俺の隣に来て伏せをした。

俺らはそのまま彼のことを遠くから見守り続けた。

——そして、二時間ほど経った頃。

少し落ち着いたのか、ウォーレンはゆっくり立ち上がると、俺らのもとまでやってきた。

とても大切そうに、日記を抱え込んでいる。

「みなさん、ご心配をおかけしてしまってすみませんでした……。何があったのか、ちゃんと理解して、受け止めることができました……」

「ウォーレン……」

「……本当は俺……変だと思っていたんです……。たしかに父は寡黙《かもく》でしたが、扉の向こうからかけられる言葉はあの三つだけだったから……。でも強引に扉を開けて、親子の縁を切られるのが怖くて……父に何が起こっているのかを、確かめることができなかったんです……」

日記を抱きしめている指先に、ぎゅっと力が込められる。

ウォーレンは続けた。

「日記の中は、俺を心配する父の言葉で溢れていました……。……病の父にそこまで心配をかけていた自分が本当に情けないです……。……俺はもっと強くならなければいけないと心から思いました。空の上から見守ってくれている父のためにも……」

天を見上げたウォーレンの頬を涙がつうっと流れていく。

「みなさん、ご迷惑とご心配をおかけして申し訳ありませんでした」

「無理をしているのではないですか……？」

ルカ試験官が眉根を寄せて問いかける。

ウォーレンは、苦笑しながら頬をかいた。

「はい、少し……。いきなりこの気弱な性格を直せるわけでもないようです……。だけど、それでも俺は大丈夫です。父の残してくれた絵と、この日記帳があるから」

そう言うウォーレンの瞳には、それまでとは違う強い意志が宿っていた。

「ディオさん、本当にありがとうございました。父は三年前には亡くなっていたのに、一昨年と昨年に同行してくださった冒険者様たちはどちらも気づけませんでした。今回もあなたでない人に依頼していたなら、同じことになっていたと思います。あなたがたのおかげで、俺は父を連れて帰り、安らかな眠りにつかせてあげることができます」

そう言うと、ウォーレンは俺に向かって深々と頭を下げてきた。

「あ、いや、お手柄なのは俺ではなく魔獣たちなんです。異変に気づいて教えてくれたのはフェンですし、日記の存在を知ることができたのは、キャスパリーグのおかげです。それにトーマスさんの遺志を今日までずっと守ってくれていたのも、キャスパリーグですしね」

俺の言葉を聞いたウォーレンさんが、フェンとキャスパリーグに視線を向ける。

「それではこの魔獣たちにもお礼をしなければ」

そう言ったウォーレンさんは、フェンとキャスパリーグに向かって深々と頭を下げた。

「言葉を交わせないのが残念です。今の動作から、少しでも感謝の気持ちが伝わるといいのですが」

「大丈夫。伝わっていますよ」

キャスパリーグのほうを振り返ると、彼女は目を瞑《つぶ》ったまま、一度だけ尻尾を動かした。

『お礼なんていらないにゃ。……暇《ひま》だったから気まぐれを起こしただけにゃもの……』

それがキャスパリーグの強がりなのはわかったので、俺はそっと彼女の頭を撫でた。

フェンのほうはお礼を伝えられたのが照れくさかったのか、俺の後ろにさっと隠れてしまった。

そんな二匹の態度を見て、ウォーレンの表情が少しだけ柔らかくなる。

「どちらの魔獣もすっかりあなたに懐いていますね。SSランクの魔獣二体と意思疎通《そつう》が図れるなんて……。本当にすごい方だ……。今ならギルドマスターの言っていた言葉の意味も納得です。間違いなくあなたは、これから先、伝説の冒険者として名を馳《は》せていくことになるでしょう。だってこんなすごい冒険者様、どこを探したっていませんよ……！」

「大げさですよ。そもそも俺はまだ冒険者を目指す者ですし」

「それは違いますよ」

それまで静かにやり取りを見守っていたルカ試験官が、きっぱりとした口調で否定してきた。

「目指す者ではなく、あなたはもう立派な冒険者です」

「え？」

「グレンデルたちが現れた瞬間から、今回の依頼はＳＳランク相当に難易度が上がっていました。それをあなたは悪喰で得た魔獣たちの能力と知識を用いて難なく解決させてしまった」

ルカ試験官はぎこちなく表情を動かすと、以前に見せてくれた笑顔をもう一度俺に向けてくれた。

「おめでとうございます。ディオさん。Ａランク冒険者の認定試験は合格です」

『主、やったではないか!!!』

「よかった!!　ディオさん、本当におめでとうございます!!　あなたの特別な日に立ち会えて俺も幸せです」

ちらっと片目を開けたキャスパリーグが、『何事にゃ……』と呟いている。

俺は試験に合格できた喜びを感じながら、一人一人にお礼を伝えていった。

「さあ、皆さん、トーマスさんとともに街まで戻りましょう」

ウォーレンを筆頭に、みんなが頷き返してくれる。
まだ瞼《まぶた》は腫《は》れたままだが、ウォーレンはどこか憑《つ》き物《もの》が落ちたような印象を与えた。
彼が本当の意味で父親の死を乗り越えるのには、まだまだ時間がかかるだろう。
でもきっとウォーレンなら大丈夫だ。
トーマスさんが、彼に、心の強さを残していってくれたから――。

十七話

「それでは改めて——、ディオ・ブライド君。Aランク冒険者認定試験の合格おめでとう——！！！！！」


ギルドマスターが立ち上がり、木樽《きだる》ジョッキをかかげる。

それを合図に、この祝いの場に集まってくれた人たちから、一斉におめでとうの声がかけられた。

受付嬢マーガレットが予約をしてくれた小さな酒場は今日、貸し切りになっているので、気《き》兼《が》ねなく騒ぐことができた。

席についているのは顔見知りの面々ばかりだ。

ギルドマスター、ルカ試験官、マーガレット、アリシア、それからウォーレンも。

俺の右側の足元にはいつもどおりフェンが伏せをしていて、左側にはなんとキャスパリーグが座っている。

驚くべきことに、キャスパリーグは俺たちの後を勝手についてきてしまったのだ。

彼女曰《いわ》く、とくにすることがなくなったから、飽きるまで一緒にいるらしい。

フェンは納得がいかないようで、キャスパリーグが少しでも近づくと唸《うな》って威嚇《いかく》する。

しかしキャスパリーグのほうは全然気にせず、尻尾を優雅に振ってはフェンを挑発した。

とくに問題を起こすわけでもないし、トーマスさんのために行動していたことからも悪い魔獣ではないことがわかっている。

だから好きにさせることにした。

フェンがあんまり嫌がるのならよくないと思ったけれど、こっそり尋《たず》ねてみたところ、『すぐにどうこうしなくてもいい。だが主《ぬし》に迷惑をかけたら、我が噛み殺してやる』という返事が戻ってきたのだった。

そんなことを思い返しながらキャスパリーグを眺めていると、正面の席に座っているギルドマスターから声をかけられた。

「今回の任務報告の最中、ＳＳランクのキャスパリーグが現れたと聞いたときには、嫌な汗をかいたものだが……。さすがディオ君だ。キャスパリーグまですっかり手懐《てなず》けてしまっているようだな」

キャスパリーグは自分の意志でついてきただけなので、手懐けたというのは語弊《ごへい》がある。

そう伝えたら、何を言ってるんだという顔をされた。

「キャスパリーグはSSランクの魔獣の中でも、とくに狡猾《こうかつ》で獰猛《どうもう》だと知られている。それが見てくれ。君の隣ではお澄まし顔で座っているんだぞ!?」

ほとんどの図鑑に、キャスパリーグは狡猾で獰猛だと書かれている。

先人の教えを全否定するつもりはないが、今回接してみてキャスパリーグに対するイメージはがらりと変わった。

「魔獣の性格は個体差がかなりあるようです。このキャスパリーグは俺が会ったときから、優しさを持った子でしたし」

ね？　という意図を込めて、キャスパリーグを再び見ると、なぜか彼女はその澄んだ目で俺をまじまじと見つめていた。

『……別に優しくないにゃ』

「ん？　そんなことないよ」

『優しく見せて取り入ってやろうっていう魂胆《こんたん》かもしれないにゃ』

俺は笑ってしまった。

「もしそう思ってるなら、手の内を明かしちゃまずいんじゃないかな？」

『にゃ!?　そ、それは……うっかりしただけかもしれないにゃ……！』

そんなうっかりを犯している時点で、やっぱり狡猾さとは無縁だと思うけどなぁ。

俺がクスクス笑ったせいで、キャスパリーグはばつが悪いのか、ぷいっとそっぽを向いてしまった。

フェンとはまた違った意味で、かわいらしい魔獣だ。

後ろからそっと手を伸ばし、ビロードのような短毛を撫でる。

意外にもキャスパリーグは嫌がらず、ゴロゴロと小さく喉《のど》を鳴らした。

「やはり見事な手懐けっぷり……！　しかもフェンリルに続いてSSランクの魔獣を二体も……!!」

「ほんと、ギルドマスターの言うとおりですよ……！」

本来はSSランクの魔獣を連れているだけでもありえないことなんですよっ!?　なのに、あろうことか左右に侍《はべ》らせているなんて……!!」

ギルドマスターの隣に座っているマーガレットが、テーブルに身を乗り出して叫ぶ。

「侍らせるって……」

苦笑するしかない。

「とにかく私が言いたいのはこういうことだ。ディオ君、君は私たちの期待を遥《はる》かに上回る才能を見せて合格してしまった！　本当に素晴らしい！」

「何度伝えても伝え足りません、ディオさん、合格おめでとうございます！」

ギルドマスターとマーガレットが改めてお祝いの言葉を述べてくる。

その流れに乗ろうと思ったのか、左隣に座っているルカ試験官が、テーブルの上に置いている俺の掌《てのひら》を指先でつんつんとつついてきた。

「あ、あの私からも伝えたいことが……。依頼に同行させてもらったことで、あなたのすぐれた人柄と見事な実力を目《ま》の当たりにしました。ディオさんならこの先何があっても、道を切り開いていけるでしょう。私はそんなあなたを命がけでサポートいたします。……！」

一息でまくし立てるようにルカ試験官が言う。

テーブルについている人々は呆気《あっけ》にとられた顔で、ルカ試験官をまじまじと見ているが、ルカ試験官自身は周囲の様子などまるで目に入っていない。

ずっと伝えたかったことを口にできたからか、満足げな表情を浮かべていて、達成感を味わっているかのようにすら見えた。

ルカ試験官の過去を知っている俺ですら、熱烈な言葉に驚いたぐらいなので、他の皆がどう思っているのか。

「今の言葉、聞きましたか。ギルドマスター……！」

「ああ、あの淑《しと》やかで口数の少ないルカ試験官が、あれほど饒舌《じょうぜつ》にディオさんのことを絶賛するなんて衝撃だな」

「それより、永遠に特別な存在って言いましたよ!?　告白しちゃったたってことじゃないですかっ!?」

「くっ、た、たしかに。うらやましい……。若者らしい眩《まぶ》しさで消滅しそうだ……」

「ロマンチックですよねえ！」

　まずい。ギルドマスターとマーガレットが、変な意味で盛大に勘違いしている。

「あの、今のルカ試験官の言葉はそういう意味ではなくて……」

　補足説明しようとしたところで、右隣から咳払《せきばら》いが聞こえてきた。

　振り返るとアリシアが唇を尖《とが》らせている。

「君が誰からも好かれる人だってことはわかってるけど……あんまり見せつけられると妬《や》いちゃうな」

「え？」

「ね、私からもお祝いを言わせて。ディオ、試験の合格おめでとう！　何よりも怪我なく戻ってきてくれてホッとしたわ。遅くなっちゃったけど、おかえりなさい」

　俺の右手にそっと触れて、アリシアがにこっと笑う。

　はからずも左手をルカ試験官に、右手をアリシアに握られている状態になってしまった。

なんだこれ……。

『主、両手に番《つがい》だな』

「フェン……！！！！」

この場にいる俺以外の人が、フェンの言葉を理解できなくて本当によかった。

『さすが我の主だ』

『あたしのご主人でもあるにゃ』

また一触即発になる二匹。

「まあまあ、喧嘩はやめとけ」

俺は苦笑しながらフェンとキャスパリーグを宥《なだ》めた。

「さあ、ディオ君。明日には本部から君の冒険者ライセンスが届く。それで正式登録の完了だ。本当におめでとうディオ君。君の新たな門出《かどで》にもう一度乾杯だ！」

ギルドマスターの乾杯の音頭《おんど》に合わせてみんなも一斉にグラスを掲《かか》げる。

こうして、笑い声の絶えない夜は更《ふ》けていった――。

あとがき

こんにちは、ファンタジーものの新シリーズはものすごく久しぶりな斧名田《おのなた》マニマニです。

このたびは「悪喰の最強魔獣使い　～兄のせいで『加護なしの無能は出て行け！』と実家を追放されたけど、最強の力が覚醒したので無双する～」をお手に取っていただきありがとうございます。本作は、最強の魔獣たちに慕《した》われまくる最強主人公が、行く先々で極悪人を成敗《せいばい》したり、人助けをしたりする軽めのファンタジーなので、忙しい日常の箸休《はしやす》めのような感じで読んでいただけるとうれしいです。

出版業界では今ほとんどの場合、新刊の売れ行き次第で続きが出せるかどうかが決定するため、応援していただけるとうれしいです……！

最後に、イラストを担当してくださった福《ふく》きつねさん、担当のTさん、お力添えいただき本当にありがとうございました！

二〇二三年十月某日　　斧名田マニマニ

ダッシュエックス文庫

悪喰の最強魔獣使い
～兄のせいで『加護なしの無能は出て行け!』と
実家を追放されたけど、最強の力が覚醒したので無双する～

斧名田マニマニ

2023年11月29日　第1刷発行

★定価はカバーに表示してあります

発行者　瓶子吉久
発行所　株式会社　集英社
〒101－8050　東京都千代田区一ツ橋2－5－10
03(3230)6229(編集)
03(3230)6393(販売／書店専用)　03(3230)6080(読者係)
印刷所　図書印刷株式会社
編集協力　法貴仁敬

ISBN978-4-08-631529-6 C0193